D E A R + N O V E L

わがまま天国

久我有加
Arika KUGA

新書館ディアプラス文庫

S H I N S H O K A N

わがまま天国

目次

イラストレーション／楢崎ねねこ

わがまま天国
wagamama tengoku

篠倉雄大《しのくらゆうだい》は全速力で走っていた。

街は夏の遅い夕暮れに染まりつつある。昼間に比べると涼しくなってきているものの、全力疾走《しっそう》していては暑くて仕方がない。シャツは既に汗みずくだ。

ここまで真剣に走るのは、バスケットボール部に所属していた高校のとき以来である。実に八年ぶりの力走《りきそう》が、ドーナツが入ったボックスを提《さ》げた状態というのは、自分でも間抜けだと思う。いや、間抜けというより理不尽だ。

せやかてこのドーナツ、俺が食うんとちゃうんやからな！

雄大はゴール地点、もとい眼前にそびえ立つ高級マンションを見上げた。あの豪華な建物の中で、十五分以内にドーナツを買ってこいと命じたワガママ傲慢《ごうまん》野郎、もとい人気絶頂のアイドル様が雄大を待っているのだ。

しかもあの野郎、浅見屋《あさみや》の低カロリードーナツ以外は却下《きゃっか》とかぬかしやがって。おまえは子供か！　まあ俺より五つ年下やけども！

心の内だけで毒づきながら、エントランスの前で指紋照合をする。難なく開いたドアから中へ駆け込んだ雄大は、ガードマン室の前をすり抜けてエレベーターへ向かった。顔を覚えられているため、咎《とが》められることはない。ちなみに今は徒歩なので表から入ったが、地下の駐車場を利用すれば、誰とも顔を合わさずに直接部屋へ入ることが可能だ。

降りてきたエレベーターに乗り込み、雄大は腕時計を見下ろした。予定時刻を二分ほどオーバーしてしまっている。そもそも指定されたドーナツの店は、歩いて買い出しに出た場合、十五分以内に帰ってこられる距離ではない。そのことを承知の上で命じているのだから、底意地の悪さが知れる。ほしけりゃ自分で買いに行け！　と突っぱねることができればいいのだが、そうもいかない。

どんなに理不尽な命令でも、絶対服従。

上の人間からそう言われているのだ。

エレベーターが止まった。扉が開ききるのを待たずにダッシュする。

目的の部屋の前で暗証番号を押し、鍵を開けて中へ飛び込んだ雄大は、一目散《いちもくさん》に奥のリビングへと走った。

「はい、残念」

ドアを開けると同時に、低く響く男の声が聞こえてきた。ぜいぜいと肩で息をしつつ、ソファに腰かけたままで振り返ろうともしない背中を見遣《みや》る。

「時間オーバーだ」

「オーバーって、三分ぐらいしか……」

「三分でもオーバーはオーバーだろ。俺もうそれいらないから」

やはり振り返ることなく、男はあっさり言ってのけた。

ひく、と頬がひきつる。

「いらんて、おまえが、買《こ》うてこいて、言うたんやろが……！」

息も絶え絶えになりながら言うと、男はようやくこちらを向いた。

黒々とした切れ長の双眸《そうぼう》、隆《たか》く通った鼻筋、すっきりとした形の良い唇。それらがシャープな輪郭《りんかく》の内に完璧な配置で収まっている。女性らしさは皆無《かいむ》だが、美しいという表現が似合う面立《おもだ》ちだ。しかも独特の哀愁《あいしゅう》のようなものが漂《ただよ》っており、二十一歳という年齢に似合わない大人びた雰囲気がある。

彼の名は鷲津映一《わしづえいいち》。若い女性を中心に人気急上昇中の三人組のアイドルグループ、『ソルト』のメンバーだ。中でもドラマやコマーシャルで引っ張りだこなのが、グループ一の売れっ子の映一である。

俺も実物に会う前は、若いのにカッコエエ奴や思《おも》てたわ。会う前は、な。

天下のアイドル様は、男性用整髪料のコマーシャルで見せている物憂《ものう》げな笑みからは想像できない苛立《いらだ》ちの表情を浮かべた。

「十五分で食いたいもんが変わったんだよ。おまえ、ほんと使えねぇよなあ」

大きなため息をひとつ落とし、彼は再び背を向けた。

「今の俺はオムライスが食いたい。三十分以内に作れ」

背中に飛《と》び蹴《げ》りを食らわせてやりたい衝動を、雄大はどうにかこうにか抑《おさ》えた。

何でおまえが不機嫌やねん！　しかも走ってきたばっかりの俺にオムライス作れてか！　ワ

ガママも大概《たいがい》にせぇよコラァ！

「早く作れよ、また食いたいもんが変わるだろうが」

やはり振り向きもせずに命じられ、ぐ、と雄大は喉《のど》を鳴らした。

耐えろ俺。

こいつは飯のタネや。


一ヵ月半ほど前のこと。

バイト先の居酒屋『まんぷく屋』で、客同士が言い争いを始めた。店長と共に割って入り、双方の話を根気《こんき》よく聞いて、どうにか喧嘩《けんか》を治めた。

そこに居合わせたのが店長の大学時代の後輩、水野《みずの》である。目の下にマジックで描いたようなクマを作った彼は、ぜひ現場マネージャーとして働いてくれと雄大に頭を下げた。渡された名刺に記《しる》されていたのは、勝木《かつき》プロダクションマネジメント部主任という肩書きだった。勝木プロダクション——通称カツプロといえば、芸能界とは全く縁のない素人《しろうと》でも知っている大手の芸能事務所だ。

現場マネージャーって早い話が付き人だから、とにかくスケジュール通りに動いてくれるだけでいいんだ！　もちろん正社員として働いてもらうし、給料も平均の倍、いや、三倍は出す！　それにここの飲み代はこれから僕が全部持つよ！　だから明日から来てくれないかな！　頼む！　この通り！

高級スーツを着た、いかにも業界人といった風貌《ふうぼう》の男に土下座され、雄大は困惑した。

東京の大学を卒業した後、就職した会社が運悪く倒産してしまった。再就職もままならず、かといって無職で実家に帰るわけにもいかず、とにかく食い扶持《ぶち》を稼《かせ》がねばと、アルバイト募集の貼り紙を見て飛び込んだ居酒屋で働いて一年。小さいながらも繁盛《はんじょう》している店での接客は楽しかった。とはいえ正社員として働きたいという気持ちは持っていたから、正直、水野の申し出はありがたかった。

しかし勝木プロダクションのような大手の事務所が履歴書《りれきしょ》も面接もなしで、いきなり正社員に採用するなんておかしい。それに芸能界の仕事なんて、自分に務《つと》まるか見当もつかない。

どう返事をしていいかわからなくて、雄大は店長を見遣った。

雄大と水野のやりとりを黙って見ていた店長は、三十八という年齢に相応《ふさわ》しい大人の男の落ち着きと、面倒見の良さが滲《にじ》み出《で》ている武骨《ぶこつ》な顔に苦笑を浮かべた。

シノが嫌じゃなかったら行ってやってくれるか？

けど、そうしたらバイトが……。

うちのことは心配しなくていい。シノがいなくなるのは痛いけど、こいつの土下座なんて初めて見たから。困ってるんだろ、水野。

声をかけられた水野は、酒が入っていたこともあってか、先輩ぃぃ、と情けない声をあげて店長にしがみついた。

ため息を落とした店長は、男泣きする水野を腰にくっつけたまま、雄大に視線を戻した。

特殊な仕事だ。合わないと思ったらいつでもやめていいからな。水野に言いにくかったら、俺に言え。俺からこいつに話すから。

気遣う口調に、はいと頷いたものの、仕事を始める前からやめるときの話をするなんて店長らしくないなと思った。何事にも前向きな普段の姿勢とかみ合わない。

しかし鷲津映一の現場マネージャーとなって一ヵ月半が経《た》った今、店長がなぜそんなことを言ったのかがわかる。

あらゆる意味で、とにかくきついのだ。

ブレイクしたばかりの映一は多忙を極《きわ》めている。丸一日休めるのは月に一度か二度あればいい方だ。現場についていく現場マネージャーも、当然同じ日にしか休めない。

たまに時間が空《あ》いても、突然呼び出されて理不尽な要求をされる。逆らうことは許されない。おとなしく従《したが》ったところで、要求に応《こた》えられなかったり、映一が気に入らなかったりすると、遠慮のない文句が放たれる。これは精神的にもかなりきつい。

うまい話には、必ず裏があるものだ。

冷蔵庫には、三日前に雄大が入れておいた卵とハムとタマネギ、そして冷凍ご飯があった。おかげで、すぐにオムライスを作ることができた。この一ヵ月半、ドライカレーだのグラタンだのといった料理を作らされてきたため、何を注文されてもすぐ対応できるように、いろいろと買いそろえておいたのだ。

テーブルの上に、できたばかりのオムライスを置く。食欲をそそるケチャップの香りがダイニングに漂った。スプーンを添え、キッチンの壁にかかった時計を見上げる。

制限時間まで、あと二分。

よっしゃ、間に合《お》うた。

ふうと息を吐いた雄大は、カウンターの向こうのリビングに向かって声を張り上げた。

「できたぞ！」

こちらに背を向けてＤＶＤを観《み》ていた映一が、ゆっくり振り返る。

「ぎりぎりだな」

「どこがぎりぎりや。二分残しとるやないか」

「二分しか残ってない」

しれっと言い返されて、この野郎！　と心の内だけで毒づく。この男は本当に、ああ言えばこう言う、の典型だ。

「間に合《お》うたんやからええやろ。おら、食え」

本当に言いたいことは飲み込んで顎《あご》をしゃくると、映一はため息を落として立ち上がった。しょうがねぇな、などと自分が譲歩《じょうほ》してやったかのような独り言《ひとごと》をつぶやく。

頬がひきつるのを感じながら、雄大は映一の正面の席に腰かけた。帰りたいのはやまやまだが、映一が食べ終わるまではいないといけないのだ。

初めて命令通りに料理を作ったとき、さっさと帰ろうとして止められた。映一いわく、おまえが帰ったら誰が皿を洗うんだよ。

それぐらい自分で洗え！　と思わず怒鳴ると、やだ、と簡潔な答えが返ってきた。

ほんまムカつくわ……。

無意識のうちににらんだ先で、いただきます、と映一は手を合わせた。一見すると雄大に感謝しているようだが、実は違う。以前、今のイタダキマスは食材の生産者への感謝であって、おまえに感謝してるんじゃないから、と言われた。この男は、ああ言えばこう言うだけではなく、いつも一言多い。

優雅ともいえる仕種《しぐさ》でオムライスをすくった映一は、ゆっくり口に含んだ。何度か咀嚼《そしゃく》した後、秀麗《しゅうれい》な眉を寄せる。到底旨《うま》いものを食べたときの顔ではない。

「タマネギが硬い」

「……そうですか」

「もっと炒《いた》めろよ。俺は柔らかい方が好きだ」

「……そうですか」

雄大は同じセリフをくり返した。感謝や賞賛《しょうさん》の言葉が聞けるとは思っていなかったが、一生懸命作った身としては、せめて難癖《なんくせ》をつけるなと言いたい。

「味が薄い」

「……そう」

「前に濃いめの方が好きだって言っただろ」

「……はあ」

「はあ、じゃねぇよ。ちゃんと覚えとけ」

食べ進める度《たび》に文句を言う映一に、返事もおざなりになってくる。

「水」

指先でテーブルを叩いて催促《さいそく》され、雄大は無言で立ち上がった。

心の底から帰りたい！

切実にそう思いながら冷蔵庫からミネラルウォーターのペットボトルを取り出し、グラスに注《つ》ぐ。

映一の板につきすぎな命令口調て、生まれたときからオトコマエやったからやろか。周囲が彼を甘やかし、何でも言うことをきいてきたせいかもしれない。

しかしこの男、外面《そとづら》はすこぶるいいのだ。共演者やスタッフはもちろん、アシスタントやエキストラにまで礼を尽くす。水野にはわがままを言うときもあるようだが、雄大に対する態度に比べれば天と地ほどの差がある。映一に度を越したわがままを言われているのは、雄大ただ一人だ。そのわがままに応えるのが現場マネージャーの仕事だと言われればそれまでだが、どうにも納得できない。

「ハイどうぞ」

グラスをテーブルに置いたが、やはり礼の言葉はなかった。

ぐおー！　腹立つ！

思い返せば、初対面から映一はこの調子だった。

水野に紹介されたとき、映一は無遠慮に雄大を眺めまわした。雄大はといえば、鷲津映一の現場マネージャーとして働くと事前に聞いていたにもかかわらず、実物を前にして、テレビや雑誌で見るよりも端整《たんせい》な容姿に目を奪われた。

顔ちっさ！　背ぇ高！　ごっつオトコマエ！　さすが芸能人！

ほとんど感動と言ってもいいぐらいに感心していると、当の映一は顔をしかめて言った。

役に立たなかったらすぐクビにするから。

予想外の第一声に呆気《あっけ》にとられている間に、水野はいなくなっていた。軽く肩を押されて我に返ると、目の前にボストンバッグが突き出された。

ぼさっとしてないで荷物持てよ、雄大。次の仕事まで時間ないんだ。

呼び捨てか！　しかも名前！

カッとなって盛大《せいだい》にツッこむと、映一は一瞬、驚いたように目を丸くした。が、すぐにきつい眼差しを向けてきた。

現場マネージャーなんか呼び捨てに決まってんだろ。

……俺、一応年上なんやけど。

長く生きてりゃいいってもんじゃねぇだろ。年食ってりゃ誰でも偉いのか。

ばかにしたような口調に、頬がひきつった。

少なくともおまえより礼儀はわきまえてる思うけど。

俺だってわきまえてるよ。

それがわきまえてる態度か。

わきまえてるからこうなんだよ。そんなこともわかんねぇのか。

十センチほど上からばかにした視線で見下ろされ、何やとコラ！　と怒鳴りそうになるのを必死に堪《こら》えた。

ほんま最悪の第一印象やったで……。

量が多いだの、ハムよりベーコンがよかっただのと文句を言い続けている映一を眺め、口の中だけで舌打ちする。一ヵ月半が経った今も第一印象は覆《くつがえ》ることなく、映一は雄大にとって『最悪』のままだ。

「あ、そうだ、雄大」

四分の三ほどオムライスを食べ終えた映一が呼ぶ。何や、と応じた声がドスのきいたものになったのは仕方がないだろう。

しかし当の映一は怯《おび》えた様子も動揺した様子も見せず、ごく当たり前の口調で言った。

「寝室に洗ったシャツが置いてあるから、アイロンかけとけ」

ぶち、とこめかみの辺りで何かが切れる音がした。

そんなもんクリーニングに出せ！

「で？　アイロンかけてあげたの？」

ドーナツを頬張《ほおば》りつつ尋ねてきたのは、筋骨隆々《きんこつりゅうりゅう》の逞《たくま》しい体をグレーのスーツで包んだフミさんだ。本名は知らない。一見するとごつい中年男性だが、心は乙女である。

「かけました。かけてやりましたとも！」

があ！　と雄大は吠《ほ》える勢いで答えた。

場所は一ヵ月半前まで働いていた居酒屋『まんぷく屋』だ。午後九時をまわり、店は酔客《すいきゃく》で賑《にぎ》わっている。人いきれとアルコールのせいで、冷房がきいているはずなのに暑い。

ごく一部の常連客だけが利用する、厨房《ちゅうぼう》横の奥まった座敷にいるのは、雄大とフミさんだけだ。店長に了解を得ているので、本来持ち込み禁止の店内でドーナツを食べても咎《とが》められることはない。

映一のお守《も》りから解放された雄大は、ここへ直行した。もちろん、ストレス発散を兼ねて飲むためだ。

「自分で洗濯するなんて、若いのに偉いじゃない」

「洗濯したのはあいつやない、洗濯機です。そもそも自分でアイロンがかけれんのやったら、洗濯したらあかんでしょう！」

魂《たましい》の叫びだったが、肝心のフミさんは、ほんと旨いわねこのドーナツ、とつぶやいて二個目に手を伸ばした。

「ちょっとフミさん、俺の話聞いてました？」

「あーハイハイ、聞いてた聞いてた。相変わらずうるさいわねえ、シノは」

あきれたようなため息をついたフミさんだが、本気で嫌がっていないことは雰囲気でわかる。

フミさんとは、この居酒屋でバイトをしていたときからの付き合いだから、気心が知れているのだ。

「あ、店長、シノにビールと何かおつまみ持ってきてやってくれるかしら」

客席から厨房へ戻ってきた店長に、フミさんがすかさず注文する。

はいよ、と明るく頷いた店長だったが、次の瞬間には心配そうに眉を寄せた。

「仕事、やっぱりきついか？」

「あ、いえ！　仕事自体はそうでもないんですけど、あいつのお守りが大変ていうか……」

雄大は口ごもった。店長には心配をかけたくない。勤めていた会社が倒産して再就職先を探していたとき、どこへ面接に行っても冷たくあしらわれた。それに比べ、店長の面接は誠実で温かかった。辛い状況にいた中で、彼の対応がどれほど嬉しかったかしれない。

「前にも言ったけど、俺に遠慮はいらないからな。やめたかったらやめてもいいんだぞ」

「や、まだ働いて一ヵ月半やし、もうちょっとがんばってみます」

「そうか？　ほんとにきつかったら言えよ」

はい、と笑顔で頷いてみせると、店長は安堵《あんど》したように笑って厨房へ引っ込んだ。

「ほんといい男よね、店長」

うっとりため息を落とすフミさんを横目で見遣る。

「奥さんいてはりますけどね」

「わかってるわよう。いいじゃない、見てるだけなんだから」

自棄《やけ》気味にドーナツを頬張《ほおば》るフミさんに苦笑する。フミさんが店長に想いを寄せていることは、バイトをしていたときから気付いていた。どうにもならないとわかっていながら、ただ姿を見るために通ってくるところは、まさに恋する乙女だ。

「待たせたな」

厨房から出てきた店長が、ビール一本とカレイの煮つけをテーブルに置く。

「わ、旨そう！　ありがとうございます」

「ゆっくりしていけ。フミさん、シノに付き合ってもらってすみません」

申し訳なさそうに頭を下げる店長に、やだ気にしないで！　とフミさんはぶんぶんと首を横に振った。その顔は真っ赤だ。

ああ、店長、そんなんするからフミさんが更に店長を好きになってます……。

再び厨房に戻っていく店長を見送っていたフミさんは、雄大の視線に気付いたらしく、コホンと咳払《せきばら》いをした。そして店長が持ってきてくれたばかりのビールを差し出す。

「飲みなさいよ、アタシの奢《おご》り」

「え、奢ってくれはるんすか」

「ドーナツのお礼よ。ま、アタシが奢らなくたって、どっちみちアンタの懐は寂しくなったりしないんでしょうけど」

「や、嬉しいです。いただきます」

慌ててグラスを差し向けると、ビールが注がれた。泡があふれそうになるのを口で受け止め、ぐいとあおる。たちまち冷たい液体が喉を駆け抜けた。

「あー、旨い！」

「アンタみたいな平凡な見た目のコでも、嬉しそうに笑ってるとそれなりにかわいく見えるわねえ。若いって得だわ」

ふう、と半分以上本気らしいため息を落としたフミさんをにらむ。

「ナニゲに失礼なこと言うてませんか」

「だってほんとのことだもん。アンタに比べたら、映一はやっぱり美形よね」

「アイドルと一般人を比べること自体、間違《まちご》うてます」

特別整った容姿ではないが、愛嬌《あいきょう》のある二重《ふたえ》の双眸は人目を引くらしく、学生の頃はそれなりにもてた。今まで付き合った女性は二人。社会人になってからはフリーだ。ごく普通の二十六歳の男として、多くはないが、少なくもないだろう。

しかし現場マネージャーを続ける限り、恋人はできそうにない。なにしろデートできるようなプライベートの時間がないのだ。

後で聞いた話だが、ありえないほど高額な給料にもかかわらず、この一年で十八人の現場マネージャーがやめていったという。

十八人て、平均したら一人一ヵ月ももってへんやんけ……。

映一の忙しさ、そして度を越したわがままを考えると無理もないと思う一方で、もうちょっと粘《ねば》れやとも思う。

「でもさー、なんだかんだ言ってシノ、映一の言う通りにしてあげてるわよねえ」

空《から》になった雄大のグラスにビールを注ぎながら、フミさんが言う。

「ありがとうございます。そらそれが仕事ですから」

ムス、として返すと、でもー、とフミさんは首を傾《かし》げた。

「いくら仕事だからって、一般的な二十六歳の男は三十分以内にオムライスなんか作れないでしょ。アイロンだってまともにかけられないだろうし。ジャケットのボタンつけてやって、グラタン作ってやってホットケーキ焼いてやって……、やだ、アンタお母さん？」

「誰がお母さんやねん。俺が家事一般できるんは、オカンの教育のタマモノです」

これからの世の中、男も家事ができなければ婿《むこ》の貰《もら》い手《て》がない。母はそう考えたらしく、息子である三兄弟に徹底的に家事を仕込んだ。だから次男の雄大はもちろん、兄と弟も炊事《すいじ》洗濯掃除裁縫《さいほう》が一通りできる。

アンタのお母さん凄《すご》いわねー、とフミさんは感心したようにつぶやく。

「とにかくさ、そういう特技をいかせる場所って、フツーの会社にはあんまりないと思うのよ。アンタ、映一の現場マネージャー向いてるんじゃないの？」

「怖いこと言わんといてくださいよ……。俺はただ正社員でおりたいだけです」

「そう？　でもすっごく合ってる気がするのよね。なんでかしらね？」

「俺に聞かんといてください」

ドーナツを頬張るフミさんを横目にビールをあおる。四六時中腹を立てているのに向いているわけがない。もし家事ができなかったら、とっくにやめていたはずだ。それ以前に映一から水野にクレームが出て、クビになった可能性もある。

こうなったら体力と堪忍袋《かんにんぶくろ》がもつ限り、稼《かせ》げるだけ稼いだる。


「年上の方って、やっぱり憧《あこが》れますよね。俺、初恋の相手が幼稚園の先生なんですよ。昔から大人の女性に弱いんです」

落ち着いた口調で話す映一《えいいち》に、雄大《ゆうだい》は舌を巻いた。端整《たんせい》な横顔に浮かんだ笑みには、男っぽい色気が感じられる。ただソファに腰かけているだけなのに、存在感が半端《はんぱ》ではない。

映一の斜め後ろのスツールに腰かけていた雄大にも、そうなんですか、と相づちを打った二十代後半らしき女性記者の頬が赤く染まったのがはっきり見えた。彼女の隣にいたカメラマンの女性の顔も、うっすらと上気している。

「じゃあ恋愛対象にもなる？」

「ええ、もちろん」

「わあ、即答。私たち年上のファンにとっては嬉しい答えです」

女性記者はやはり頬を染めて笑う。同じ取材でも、芸能リポーターが出張ってくる囲《かこ》み取材とは異なり、ファッション系の雑誌では女性関係等の際《きわ》どいところには触れてこないため、安心して見ていられる。もっとも、気が抜けない取材には水野《みずの》が同席するので、雄大の出番はないのだが。

それにしても、半端ない内弁慶《うちべんけい》や……。

雄大は笑みを絶《た》やさない映一を見遣《みや》った。ここまで外面《そとづら》がいいと、逆に感心してしまう。ドラマの撮影の合間を縫《ぬ》って取材が始まったのは一時間ほど前だ。先にカメラ撮影をしてから、楽屋でインタビューを受ける形になった。早朝から撮影が入っていたというのに、映一は不機嫌な様子も疲れた様子も見せない。むしろ昨夜《ゆうべ》の酒が抜けきっていない雄大の方が顔色が悪く、酒くさい、寄るな最悪、と言いたい放題に罵倒《ばとう》された。

昨夜はちょっと飲みすぎたけど、それもこれもおまえが原因なんやからな。

心の内だけで文句を言いつつ腕時計を見下ろす。そろそろ予定の時刻だ。

立ち上がった雄大は、脇《わき》からそっと声をかけた。

「あの、すんません、時間なんでそろそろ切り上げてもらえますか」

映一の方へ身を乗り出すようにしていた記者とカメラマンが、ハッとしたようにこちらを見た。今、初めて雄大がいることに気付いたかのような反応に苦笑する。映一の側《そば》にいると、存在を忘れられることが少なからずあるのだ。

「やだ、もうこんな時間。撮影で疲れてるのにごめんなさいね。じゃあ最後にファンの方にメッセージをお願いできますか？」

慌てて尋ねた記者に、映一はやはり穏やかに応じる。ドラマの宣伝も忘れない。もともと宣伝ありきで受けた取材だから、これで目的は達成された。

映一が出演しているドラマは、若者を中心に人気がある推理小説が原作だ。映一演じる主人公は、大学に通いながら従兄弟《いとこ》が営《いとな》む探偵事務所を手伝っており、彼が同僚と共に様々な事件を解決していくストーリーである。映一が主役を演じているだけでなく、キャストの豪華さと意外さ、そして今注目の若手脚本家と、ドラマの演出は初めてだという映画監督が組んだことで、かなり話題になっている。視聴率も二十パーセント前後を維持《いじ》しているらしい。

ありがとうございました、と頭を下げて出ていく記者とカメラマンを、雄大は映一と共に立ち上がって見送った。パタン、と静かにドアが閉まる。

刹那《せつな》、映一の顔から笑みが消えた。乱暴な仕種《しぐさ》で椅子に腰を下ろす。早速《さっそく》被《かぶ》っていた猫が剥《は》がれたようだ。

「雄大、肩」

「肩が何」

ち着かせた。

「肩揉《も》め」

素っ気《そけ》なく命令され、一瞬、カッとなりかけた雄大は、大きく深呼吸することで気持ちを落ち着かせた。


こいつは大事な飯のタネ。

ほとんど呪文《じゅもん》のように心の内で唱《とな》えてから、映一の背後にまわる。そしてまだ成長の可能性を残している広い肩に手をかけ、力を込めて揉んだ。頭の形といい、項《うなじ》の伸びやかさといい、後ろから見ても隙《すき》がないのがまた腹が立つ。フレグランスの爽《さわ》やかな香りも、映一が纏《まと》っている時点で、少しも癒《いや》しにならない。

「いってーな。もっと優しくやれよ」

刺々《とげとげ》しい口調に、雄大はムッとした。

「こないだ優しいしたら、もっと強うせえて言うたやろが」

「だからって極端なんだよ。ちょうどいい加減ってのがあるだろうが。そんなこともわかんねえのか」

「はいはい、すんませんね、アホで。ちゅうか極端なんはおまえやろ。さっきまでニコニコしとったくせに何やねんその態度」

「何で俺がマネージャーにニコニコしなくちゃいけないんだ。意味ないだろうが」

「……あーそう。そうですか」

笑顔で肩を揉む手に力を入れる。

途端に、いて！　と映一が声をあげた。

「痛いって言ってんだろ！」

肩越しににらみつけられたが、怒りたいのはこちらの方だ。

「ごめんなさいねー、俺アホやから加減がわからんのやわー」

厭味《いやみ》半分で言ってやると、映一は眉間《みけん》に皺《しわ》を刻《きざ》んだ。秀麗《しゅうれい》な顔立ちは、そんな表情も絵になる。

「てめぇ……、後で覚えとけよ」

「覚えてたら何やねん」

「こき使ってやる」

「覚えてへんかて使うやろが」

「うるせぇ。黙って揉め」

映一が不機嫌そのものの口調で命じたとき、コンコン、とノックの音がした。はい、と雄大が返事をすると、すぐにドアが開く。

顔を覗かせたのは、バランスのとれた長身の男だった。ドラマの共演者の一人、百瀬統也《ももせとうや》だ。

おはようございます、と頭を下げると、おはよう、と気さくに応じてくれる。二枚目の枠《わく》に収まらない個性的な面立《おもだ》ちに、羨《うらや》ましそうな表情が浮かんだ。

「肩揉んでもろてんのか。ええなあ」

雄大と同じ関西出身の百瀬の言葉に、映一の体が一瞬、強張《こわば》った。彼の肩に手を置いたままだったので、その反応は雄大に如実《にょじつ》に伝わってくる。理由はわからないが、映一は百瀬が苦手らしい。

しかし表情には微塵《みじん》も動揺を表さず、映一はしれっと応じた。

「よくないですよ。雄大物凄《ものすご》くヘタだから全然楽になんないし」

何やと、と文句を言いかけた雄大を遮《さえぎ》るように、映一は続ける。

「それよりモモさん、もしかして俺を呼びにきてくれたんですか？」

「いや、あと三十分ぐらいは待ちや。暇《ひま》やしちょっとしゃべろう思《おも》て」

「しゃべるって、俺に話でもあるんですか」

「アホ、暇でしゃべんのに話なんかあるか。相変わらず面白みのないやっちゃなあ。おまえがその調子やったら篠倉《しのくら》君も苦労するわな」

言いながら、百瀬は先ほどまで女性記者が座っていたソファに腰を下ろした。映一を気にかけているのか、百瀬は時折こうして楽屋を訪《おとず》れる。事務所の先輩だからだろう、映一も逆らおうとしない。

百瀬さん、わかってくれはってありがとうございます！

後で映一に何を言われるかわからないので目だけで礼を言うと、に、と悪戯《いたずら》っぽい笑みが返ってきた。

今年で三十二歳になる百瀬は、ＣＤが売れないこのご時勢にミリオンを叩き出す、大物のシンガソングライターだ。今回のドラマの主題歌も彼の楽曲である。話術に長《た》けているのでバラエティ番組にも出演しているし、売れない時代に俳優業をこなしていたため、役者としてのキャリアも長い。

歌でブレイクしてから俳優業を休んでいた彼が三年ぶりに引き受けたのが、映一主演のドラマへの出演だった。主人公の従兄弟の役だから、かなりメインの役どころである。

映一と百瀬を共演させれば話題性と高視聴率間違いなしと踏んで、プロデューサーと百瀬本人に話を持ちかけたのは水野だという。雄大は知らなかったが、彼は業界では有名なやり手らしい。

「百瀬さん、お茶入れましょか」

「気ぃきくなあ篠倉君。そしたら緑茶頼むわ」

はいと頷いた雄大は、映一から離れてポットが置いてある棚へ歩み寄った。

「雄大、俺も」

すかさず飛んできた映一の声に、振り返らずに尋ねる。

「緑茶でええか？」

「コーヒー」

素っ気ない返事に、頬がひきつった。

普段はコーヒー苦手や言うて飲まんくせに……。

どうやら別々の飲み物を用意させることが目的らしい。とことん意地の悪い男だ。

「映一はええなあ」

湧《わ》き上がる怒りをどうにか抑《おさ》え、とりあえず先に緑茶を入れていると、百瀬の気負いのない口調が背後から聞こえてきた。

「いいって何がですか？」

「僕、ドラマんときはマネージャーついてへんのよ。まあ歌の仕事んときみたいに、十人とか二十人とかぞろぞろついてこられるんもどうか思うけど、それはそれで寂しいで」

「上の人にドラマのときもマネージャーつけてくれって言えばいいんじゃないですか？」

「けど誰でもええってわけやないしな。篠倉君みたいに常識があって、芸能界にもびびらへん度胸があるマネージャーはなかなかおらんで」

二人のやりとりを聞いていた雄大は肩を震わせた。紙コップの外へ注《つ》ぎそうになった茶を、慌てて軌道修正する。たとえ世辞だとしても、映一には何をやっても文句を言われているからか、褒《ほ》め言葉が無性《むしょう》に嬉しい。

あ、そおや、と百瀬がのんびり声をあげる。

「映一、篠倉君が気に入らんのやったら僕に譲《ゆず》ってくれん？」

一瞬、間があった。

お、迷《まよ》とるんか？

迷てるぐらいやったら譲れ、今すぐ譲れ！

心の内で叫んでいると、映一が小さく笑った気配がした。

「雄大はモモさんが思ってるような気が利く奴じゃありませんよ」

「えー、そんなことない思うけど」

「モモさんはいいときしか見てないから。俺と二人でいるときは物凄く口悪いですよ。文句も多いし、態度もでかい」

おまえがワガママ言うからやろが！　というツッコミを口の中だけに留め、雄大は百瀬に茶を出した。ありがとうと礼を言って受け取った百瀬は、ちらと雄大を見上げる。その目は笑っていた。

「おまえが文句やと思てるんはたぶん、関西人特有のツッコミや。関西ノリに慣れてへんから口悪いて感じるだけやろ」

「そんなことないですよ。だってモモさんとしゃべってても、口が悪いなんて全然思いませんから。雄大が悪いんです」

映一がそこまで言ったとき、コンコン、とまたノックの音がした。インスタントのコーヒーを入れる手を止め、はい、と雄大が応じると、失礼しますという挨拶《あいさつ》と共にアシスタントディレクターが現れた。百瀬に気付いて、失礼しますと慌てて彼にも頭を下げる。

「鷲津《わしづ》さん、お願いします」

「俺だけですか?」

「はい。さっき撮ったシーンで、監督がチェックしてほしいところがあるそうです」

アシスタントディレクターの言葉に軽く眉を寄せたものの、映一はすぐに立ち上がった。

「じゃ、いってきます」

「おう、いってらっしゃい」

百瀬は笑顔で手を振る。

一応笑みで応じたものの、外面の良い映一にしては珍しく、不機嫌さを漂《ただよ》わせながら楽屋を出ていった。

スラリと伸びた長身がドアの向こうに消えるのを待って、百瀬に頭を下げる。

「なんか態度悪《わる》うてすんません」

「ああ、ええよええよ。半分以上は僕がからこうたせいやからな」

怒るどころか、楽しげに答えた百瀬に、雄大はきょとんとした。

「からこうたて、映一をですか?」

そう、と軽く頷いて茶をすすった百瀬は、お、という顔をした。

「旨いな、このお茶」

「静岡産の玉露《ぎょくろ》です。映一が茶はそれやないと飲まんとか言うんで」

本当のことを言っただけだったが、百瀬はなぜか大きく瞬《まばた》きをした。かと思うと手招きをし、自分の隣に座るように促《うなが》す。ただそれだけの仕種なのに、ドラマのワンシーンのようだ。独特の色を感じさせる百瀬には、映一とはまた別の意味で存在感がある。

芸能人て凄いよな、と改めて実感しながら映一に渡しそびれたコーヒーを持ったままソファに腰かけると、百瀬はおもしろがるような視線を向けてきた。

「映一、篠倉君を僕に渡しとうのうて必死やったやろ」

「は？　何言うてはるんですか。あいつ俺の悪口言うてただけですやん」

「篠倉君こそ何言うてんねん、あれは独占欲の裏返しや。映一が不機嫌やったんは、僕と篠倉君を二人きりにするんが嫌やったからやで」

はあ、と映一は気の抜けた声で応じた。百瀬が映一の事務所の先輩でなければ、んなわけあるか！　と全力でツッコんでいるところだ。

「その顔は全然信じてへんな」

「……すんません」

否定せず謝った雄大に、百瀬は笑った。

「あいつ、気に入った人にかもてほしいばっかりに、無茶言うてまうタイプやからなあ」

「それはありえませんて」

「そうか？　たとえばそのコーヒー。篠倉君が僕のためにお茶を入れるんが気に入らん。僕のついでに自分の茶を入れられるんも気に食わん。せやからわざとコーヒーて言いよったんや」

手の中にあるカップを指差され、雄大はまじまじと手元を見下ろした。

映一が俺を気に入ってる？

鋭《するど》い美貌《びぼう》が脳裏《のうり》に浮かんだ。ばかにした顔、見下した顔、不機嫌な顔、尊大な顔。――どれも到底好意的とは言えない。

「考えすぎでしょう」

コーヒーに映った自分の顔が、思い出し笑いならぬ思い出し怒りでひきつっているのを見ながら言う。

しかし、茶を飲んでいた百瀬はおおらかに笑った。

「篠倉君も仕事慣れてきたやろ。今まではそんな余裕なかった思うけど、いっぺん視点変えて、わがままは甘えたい気持ちの表れやと思て映一見てみ。いろいろわかってくるから」

「そうですかね……」

「そうですよー。会う機会があったら航太《こうた》と皐月《さつき》にも聞いてみたらええわ」

藤内《ふじうち》航太と伊原《いはら》皐月は『ソルト』のメンバーだ。映一がドラマの撮影にかかりきりのため、彼らと顔を合わせたのは一度だけである。藤内は二十四歳、伊原は二十三歳で、映一より少し年上のせいか、プライベートのときも大人びて見えた。二人とも映一ほどではないものの、充分人気者のアイドルなのに、礼儀正しく挨拶してくれた。

そういやあのとき、藤内君に映一を頼みますとか言われたっけ。

慣れない仕事と映一のわがままに振りまわされ、すっかり忘れていたが、あれはどういう意味だったのだろう。

まだ腑《ふ》に落ちないという顔をしていたからか、百瀬に軽く背中を叩かれた。

「まあ、映一の態度がどうしても我慢でけんかったら水野さんに言うたらええ。そんときは僕のマネージャーになってもらうから」

冗談とも本気ともつかない言葉に、雄大はやはり半笑いで返した。


「はい、本番いきます！」

演出補《えんしゅつほ》の声に、スタジオ内に緊張が走った。

セットの中にいる映一の表情が引きしまる。彼の周囲の空気までもが、ピンと張りつめたかのようだ。

スタジオの片隅にいた雄大は、演じ始めた映一を魅入《みい》られたように見つめた。

そこにはもう、鷲津映一はいない。探偵事務所でバイトをしている大学生がいるだけだ。無気力に見えて、腹の底に正体不明の衝動を抱えている、今時の若者。

凄い。

掛《か》け値《ね》なしにそう思う。

そもそも、本番にたどりつくまでが大変なのだ。実際のセットの中で俳優が動きをつけるドライ、カメラを使って撮るカメリハ、照明やカメラの最終点検を兼ねたランスルー、ラステスと呼ばれるラストテスト。それら全てを終えた後、俳優は一旦楽屋に戻ってメイクを直し、セリフを確認する。そして改めて本番に臨《のぞ》むのだ。ひとつのシーンにそんな手間と時間がかかっていることを、雄大は現場マネージャーになって初めて知った。

しかも役者には、撮影当日に『割り本』が配られる。事前に渡されている台本とは異なる、カメラのカット割りが書かれた台本だ。セリフが変わっている場合もあるため、俳優は瞬時に覚え直さなくてはならない。

覚えるだけと違《ちご》て演技するんやから、ほんま凄いよな……。

見つめた先で、映一がゆっくり視線を上げる。すっきりとした形の良い唇から出てくるセリフは、覚えた言葉をなぞっているようには到底聞こえなかった。ごく自然に、生身の人間からあふれ出た言葉のようだ。

雄大に演技に関する知識は全くない。それでも、映一に才能があることはわかった。

映一のわがままに対する怒りや苛立ちも、彼の演技を見ている間だけは嘘のように消え去る。

そして心の底から思うのだ。

鷲津映一は、凄い役者だと。


ドラマの撮影が終わったのは深夜三時をまわった頃だった。次の撮影が始まるのは午前八時だ。相当なハードスケジュールである。

車を運転していた雄大は、ルームミラー越しに後部座席をちらと見遣った。映一は眠るでもなく台本に目を落としている。

疲れてるやろうに、偉いもんや。

雄大は素直に感心した。衣装とメイクの手配や取材の付き添い等はしなければいけないが、仕事そのものの調整と営業は水野がやっているため、現場マネージャーである雄大は基本、スケジュール通りに映一を運ぶだけだ。自宅のベッドで眠るのは無理としても、空《あ》いた時間を見つけて休むことはできる。

しかし映一は違う。大勢の共演者やスタッフと共に撮影をこなし、いくつもの取材を受け、空いた時間に台本を覚える。常に緊張を強《し》いられているも同然だ。冷房のきいたスタジオと、真夏の太陽が照りつける屋外でのロケを行ったり来たりして、体力の消耗《しょうもう》も半端ではない。

どこかで感情を吐き出さなければ潰《つぶ》れてしまうだろう。

こいつの場合、吐き出しすぎやけど。

自棄《やけ》気味に笑っていると、おい、と不機嫌に声をかけられた。前方に戻していた視線を、再びルームミラーに向ける。声に負けず劣らずの不機嫌な表情がそこにあった。

「何笑ってんだ」

「や、笑《わろ》てへんけど」

「嘘つけ、笑ってただろうが」

きつい口調で断定した映一は一瞬、口を噤《つぐ》んだ。ルームミラー越しに向けられていた視線がふいとそれたのがわかる。

「モモさんに何か言われたのか?」

ぶっきらぼうに問われて、雄大は再びルームミラーを見遣った。目の前の信号は赤だ。

「別に何も言われてへんで」

「俺が楽屋出た後もしゃべってたんだろ。何話したんだよ」

偉そうな物言いだったが、視線は台本に落とされたままだ。雄大が見ているとわかっているだろうに、顔を上げようとしない。

もしかしてこれが、かもてほしい態度なんやろか。

「何話したんだって聞いてんだろ」

雄大が黙ってしまったことが気に入らなかったらしく、映一は運転座席を乱暴に膝《ひざ》で蹴《け》った。衝撃のほとんどは頑丈《がんじょう》な背もたれが吸ってくれたが、それでも多少の揺れはくる。

「物に当たんなボケ！　危ないやろが！」

「おまえが黙ってるからだろ！」

反射的に怒鳴り合ってしまってから口を噤む。これ以上の争いは、さすがに大人気《おとなげ》ない。

ふう、と息をついた雄大は、できる限り落ち着いた口調で言った。

「別に、普通に世間話しただけや」

「世間話って何だよ」

「茶が旨いとか、伊原君と藤内君のこととか。何にしても、あの後ちょっとしてから百瀬さんも撮影に入らはったから、そんな長いことは話してへん」

映一は返事をしなかった。ルームミラーの中の彼は、やはり台本を読んでいる。

「映一、おまえ百瀬さん苦手やろ」

返ってきたのは沈黙だった。てっきり、そんなわけあるか、と言い返されると思っていたので少し驚く。

「百瀬さん、ええ人やんか。何で苦手なんや」

「……別に、理由なんかねぇよ。相性が悪いだけだ」

「けど百瀬さんはおまえのこと気に入ってるみたいやんか。わざわざ嫌いな相手の楽屋に来てまでしゃべろうとか思わんやろ」

「あの人は俺で遊んでるだけだ」

素っ気ない物言いが拗《す》ねているように聞こえて、雄大は己の耳を疑った。

何じゃこりゃ。今までいっぺんもこんな風に聞こえたことないぞ。

百瀬に妙な話を聞いたせいで、どこかで意識が切り替わったのだろうか。

再び黙ってしまった雄大をどう思ったのか、映一は軽く咳払《せきばら》いをした。

「それより雄大、今度撮影のときに浅見屋《あさみや》のドーナツ差し入れたいから頼んどけ。前日に頼めば、多くても用意してくれるはずだから」

口調はやはり尊大だが、ばつが悪いのをごまかそうとしている感じは否《いな》めない。映一らしくない。

何か新鮮や。

半《なか》ば感動しながら、わかった、と頷く。

「そしたら明日頼んで、明後日《あさって》の昼頃に取りに行く形でええか?」

「ああ。数は一人三個として……」

「多めに頼んどく」

頷いてみせ、雄大はルームミラーに映る映一を見た。ほんの少しだが、顔が赤い気がする。

「おい、青だ。車出せ」

目を凝《こ》らしていたところに尖《とが》った声が飛んできて、雄大はハッと我に返った。いつのまにか信号は青に変わっており、後続車からクラクションを鳴らされる。

慌てて車を発進させると、舌打ちが聞こえてきた。

「鈍《どん》くせぇな。ぼうっとしてんなよ」

……やっぱりさっきのは気のせいや。

こいつが俺に甘えたいなんて、そんなことありえん。


藤内航太《ふじうちこうた》と伊原皐月《いはらさつき》に会う機会は、一週間ほど後にやってきた。『ソルト』が新しいシングルをリリースするにあたり、振りをつけてもらうことになったのだ。

「シノちゃん、お疲れ〜！」

スタジオの地下にある駐車場に停めた車から降りると同時に、軽薄にもとれる挨拶《あいさつ》が聞こえてきた。

振り返ると、二台向こうの車から降り立った男が手を振っていた。水野《みずの》だ。

「お疲れさまです」

いつのまにか、勝手にシノちゃんと呼ぶようになった水野に頭を下げると、彼は満面に笑みを浮かべて歩み寄ってきた。

「映一《えいいち》は？」

「先に行ってます」

「そか。いやー、お疲れお疲れ。ご苦労さん」

並んで歩き出した水野の目の下には、初対面のときにあった濃いクマは見当たらない。どうやら映一の現場マネージャーが決まらないことが、彼の最大のストレスだったようだ。

「仕事はどう？　慣れた？」

「まあぼちぼちです」

「いやー、ほんっとシノちゃんに来てもらって助かったよ。映一もシノちゃんのこと気に入ってるみたいだし、周りの評判もいいし、やっぱり先輩の人を見る目は確かだなあ」

上機嫌で肩を叩かれ、雄大《ゆうだい》は瞬《まばた》きをした。

「映一が気に入ってるて言うたんですか？」

「言ってないけど、文句が出ないってことは気に入ったってことだろ。もし気に入らなかったら、すぐ電話してきてクビだって言うはずだから」

水野の明るい口調に、はあ、と雄大は曖昧な返事をした。

映一、俺が口ごたえすること、水野さんに話してへんのか……。

命令には従《したが》っているものの、かなり派手に言い返している自覚があるので意外だった。もっとも、映一が本当に腹を立てていたら、とっくにやめさせられていただろう。

映一は相変わらずわがままで傲慢《ごうまん》だが、百瀬《ももせ》と話してからは、彼の言動の一から十まで全てに腹が立つことはなくなった。

たとえば今朝。朝食を作りに来いと言われていたので、早めに映一のマンションを訪《たず》ねた。トーストとスクランブルエッグ、ウィンナ、サラダというメニューを用意すると、起き出してきた映一は和食がよかったと早速《さっそく》文句を言った。更に同じ卵なら目玉焼きがよかったとケチをつけ、旨《うま》いとは一言も言わなかった。しかしレタス一枚残すことなく平らげた。思い返してみれば、映一は雄大が作った料理を残したことはなかった。

それってけっこう凄《すご》いこととちゃうやろか。

気に入らなければ、食べなければいいのだから。

「あ、僕ちょっと挨拶《あいさつ》に行ってくるから。これからも映一のこと、よろしく頼むよ」

ポン、ともう一度雄大の肩を叩いた水野は、軽い足取りで関係者の控《ひか》え室へ入っていった。

これからも、か……。

百瀬と話す前にそう言われていたら、これからのことなんてわかりませんと答えていたかもしれない。

今はまあ、どうにかやれそうな気がせんでもない。

うんと一人頷いた雄大は、スタジオの方へ歩き出した。建物全体に空調がきいているらしく、廊下の空気も乾いていて涼しい。

角を曲がると、Tシャツにジャージのズボンというラフな格好《かっこう》の男が自動販売機の横の椅子に腰かけているのが見えた。『ソルト』のメンバー、藤内航太だ。一人、缶コーヒーを飲んでいる。

おはようございます、と声をかけると、彼はこちらを向いた。大きな二重《ふたえ》の双眸《そうぼう》と細く高い鼻筋が印象的だ。大人びて見える映一とは異なり、彼は二十四という年齢より若く見える。その整った童顔に、藤内はニッコリと笑みを浮かべた。

「おはようございます、篠倉《しのくら》さん」

一度会ったきりなのに、名前と顔を覚えていてくれたらしい。

「お久しぶりです。映一は？」

「まだ楽屋です」

そうですか、と頷いた雄大は、楽屋へ行くべきか、ここで待つべきか迷った。

「もうすぐ来ると思いますから、ここで待ってたらどうですか？」

「あ、はい。そうします。ありがとう」

藤内に助け舟を出された気分になって、雄大は思わず礼を言った。

藤内は一瞬、目を見開いた後、何がおかしかったのか小さく笑って、どうぞと椅子を指し示した。年長ということもあり、藤内は『ソルト』のリーダー的存在だ。外見は幼く見えても、中身は一番大人なのだろう。

藤内から少し離れた場所に腰を下ろすと、彼は立ち上がった。自販機に硬貨《こうか》を入れながら話しかけてくる。

「仕事、慣れましたか？」

「まあ、何とかやってます」

「新記録だって水野さんが喜んでましたよ。篠倉さん、コーヒー飲めますか」

「え？　ああ、はい。好きです」

ふいに問われて反射的に頷く。

藤内はボタンを押しつつ、ちらとこちらを見下ろした。

「映一はコーヒー飲まないでしょう」

「はい。飲めんことはないみたいやけど、用意するんはお茶か水ですね」

「苦《にが》いのがだめなんですよ。これ、どうぞ」

目の前に差し出された缶コーヒーに、雄大は驚いた。思わず藤内を見上げる。

「俺にですか？」

「映一が迷惑かけてますから。コーヒー一本ぐらいじゃ全然足りないだろうけど」

くっきりとした二重の双眸に笑いかけられ、慌てて首を横に振る。

「迷惑て、それが俺の仕事やし。あの、でも、ありがとうございます。嬉しいです。いただきます」

頭を下げてから缶コーヒーを受け取る。

カッコエエな、藤内君……。

細かい気遣いに感心していると、隣に腰かけた藤内がおかしそうに笑う気配がした。

「映一、篠倉さんにちょっとありえないぐらいわがまま言ってるでしょう」

「まあ、そうですね。かなり言うてますね」

もう五年近く映一と一緒にいる藤内に嘘をついても仕方がないので、正直に頷く。

すると、彼はまた楽しげに笑った。

「身内っていうか、気に入った人ほどわがまま言いますからね、あいつは」

百瀬と似たようなことを言う藤内に、はあ、と雄大は間の抜けた相づちを打った。以前に比べて腹が立たなくなったとはいえ、全く腹が立たないかといえば、否《いな》だ。映一が自分に好意的だとは思えない。

「俺と皐月も散々《さんざん》振りまわされましたよ。俺も若かったし、正直、腹が立ちました。皐月なんかしょっちゅうキレてたし。まあ、篠倉さんが言われてるわがままに比べたら、軽いもんだろうけど」

「や、俺はマネージャーやからええけど、同じメンバーの藤内君と伊原君にわがまま言うんはあかんでしょう。よう我慢しましたね」

俺やったらそんな仕事仲間、絶対嫌や。

そう思ったことが顔に出たのか、藤内は苦笑した。

「俺も皐月も映一が年下だったから、どうにかやれたんだと思います。途中で、わがままは親愛の裏返しだって気付きましたしね。要するに映一は寂しがりなんです。子役の頃からこの業界にいて、全然売れない時期があって前の事務所やめて。そのときにいろいろあったんだと思います。わがままをどれだけ聞いてもらえるかで、愛情を量《はか》ってる節《ふし》がある」

一度言葉を切った藤内は、篠倉さん、と真剣な声で呼んだ。

「離れて仕事することが多くなって、俺と皐月は身内じゃなくて仕事仲間に近くなったみたいなんです。あいつが今、安心してわがまま言えてるのは篠倉さんだけだと思います」

そんなことないでしょう、と言いかけて、雄大は口を噤《つぐ》んだ。こちらに向けられた藤内の眼《まな》差《ざ》しが、声と同じく真剣だったからだ。

映一ほどには忙しくないからだろう、藤内と伊原に専属の現場マネージャーはついていない。しかし藤内は、一人だけ突出して売れている映一に敵愾心《てきがいしん》は持っていないようだ。彼にとっての映一は、手のかかる弟のような存在なのかもしれない。

寂しがり、か。

尊大な態度からは想像もつかないけれど。

「映一が安心してるかどうかはわかりませんけど、俺のできる範囲で応《こた》えていきますから」

頷いてみせると、藤内はほっとしたように表情を緩《ゆる》めた。お願いします、と彼が頭を下げたそのとき、篠倉さんじゃん、という高めの声が飛んでくる。

廊下を並んで歩いてきたのは、映一と伊原皐月だった。二人とも藤内と同じく、Tシャツにジャージのズボンという服装だ。

なぜかにらみつけてきた映一は置いておいて立ち上がり、おはようございますと伊原に挨拶をする。彼も雄大のことを覚えていてくれたようだ。

「おはよー。立ってなくていいから、座って座って。航太と二人で何話してんの」

映一の鋭《するど》い美貌と、伊原の女性と見紛《みまご》う端整《たんせい》な顔つきに見下ろされ、雄大は再び腰を下ろしつつ恐縮《きょうしゅく》した。

藤内君も含めて三人ともオトコマエすぎ……。

Tシャツにジャージでも、美形は美形だ。自分が地球に初めてやってきた宇宙人になったような、居心地の悪さを感じる。

「映一の悪口に決まってんだろ」

笑いながら答えた藤内に、やっぱり、と伊原が頷く。

「おまえ、篠倉さん振りまわすのもたいがいにしとけよ。でないと愛想尽《あいそ》かされるぞ」

伊原に頭を小突《こづ》かれ、映一はムッとしたように顔をしかめた。

「何で俺が愛想尽かされんだよ。愛想尽かすんだったら俺の方だ」

「あそ。じゃあおまえが愛想尽かしたら篠倉さん俺にくれよ。俺もオムライスとかグラタンとか作ってもらいてー」

映一が話したのか、具体的な料理の名前を挙げた伊原に、雄大は苦笑した。

「俺でよかったらいつでも作りますよ」

「マジで？　じゃあ今度のオフのときに作ってもらおうかなあ。いつ時間空《あ》いてる？」

「皐月」

映一が不機嫌な声で呼ぶ。

しかし慣れているのか、伊原は気にする風もなく首をすくめた。

「何だよ、ご飯作ってもらうぐらいいいだろ」

「こいつ嫌々作ってんだから、ろくなもん出てこないぞ」

「いつでも作りますって言ってくれたんだから嫌々じゃないだろ。まあ、おまえには嫌々作ってんのかもしんないけどー」

伊原はからかう口調で言い返す。映一の表情が険《けわ》しくなっていくのをおもしろがっているとわかる、余裕のある態度だ。さすが長く付き合っているだけのことはある。

俺も見習わなあかん。

尊敬の眼差しで伊原を見上げていると、まあまあ、と藤内が割って入った。

「それぐらいにしとけ。そろそろ時間だ」

スタジオへ向かう藤内の後ろで、映一と伊原がにらみ合う。こうして自分以外の誰かに感情をぶつけているところを見ると、二十一歳という年相応だ。

けっこうカワイイとこもあるんかも。

そんなことを思っていると、映一がドアの前で立ち止まった。だしぬけにくるりと振り返り、中へ入っていく藤内と伊原とは反対に、こちらへ歩み寄ってくる。

真上からにらみ下ろしてきた美しい面立《おもだ》ちは、今までにないほど不機嫌に歪《ゆが》んでいた。かわいさの欠片《かけら》もない表情に体が強張《こわば》る。

「誰にでもいい顔してんじゃねぇよ」

「別にええ顔なんかしてへんけど……」

「してるだろうが。その気もないくせに料理作るとか言うんじゃねぇ」

「ああ？　その気はあるわ。料理作るぐらいほんまにええと思《おも》たから言うただけや」

「そんな時間がどこにあんだよ」

「時間は作るもんや。作ろうと思たら作れる」

言い返してやると、映一は無言でにらみつけてきた。つい先ほど伊原の余裕の態度を見習おうと思ったばかりなのに、負けじとにらみ返してしまう。

視線をそらしたのは映一の方だった。先ほどこちらを振り向いたときと同じように、唐突に踵《きびす》を返す。

「おまえには時間なんかねぇよ。作った時間も全部、俺のために使うんだからな」

捨て台詞《ゼリフ》のようにそれだけを言うと、映一はスタジオの中に入っていった。

雄大はぽかんと口をあけ、バランスのとれた長身を見送った。

口調は不機嫌を通り越して怖いぐらいだったし、言葉の内容も、いつもにも増してわがまま勝手だった。プライベートの時間などないぐらい、こき使ってやると宣言されたも同然だ。

けど何か、俺以外の奴にかまうなて言われたみたいな気ぃするんやけど……。

独占欲の裏返しや。

百瀬の言葉が、ぽっと頭に浮かんだ。

いやいやいや。そらないで。絶対ない。

「――ないよな?」

映一が消えたドアに問いかける。

もちろん、答えは返ってこなかった。


キャベツの五目炒《ごもくいた》め、鶏《とり》の唐揚《からあ》げ、鶏肉とキュウリの味噌和《みそあ》え。

全てをテーブルに並べ終えた雄大は、満足のため息を落とした。これらに加え、炊飯器《すいはんき》の中には炊《た》きたての飯がある。二十代の成人男性二人の腹をいっぱいに満たすことができる、ボリュームたっぷりの夕食だ。

ドラマの撮影も終盤《しゅうばん》に入ったせいか、珍しく午後七時に撮影が終わった。どっかで飯食おかと提案したが、映一は首を横に振った。そしてさも当然、という顔で命令した。

おまえが作れ。

俺も疲れとんねん、ちょっとは休ませろ！　と以前ならすかさずツッこんでいたことだろう。しかし自分でも信じられないが、あまり腹は立たなかった。

俺の飯が食いたいんやったら素直にそう言うたらええのに。

そんな風にあきれたのだ。

何か俺、百瀬さんと藤内君に洗脳されてへんか……？

状況は少しも変わっていないのに、こちらの受け取り方が変わったせいで、以前ほど嫌だとは思わない。何となく嵌《は》められた気分だ。

「映一、できたぞ」

ソファに寝転んで台本を読んでいる男を呼ぶ。が、返事はない。

「映一」

もう一度呼んだが、ソファからはみ出ている足はやはり動かなかった。

無視か。

ムッとしながらソファに歩み寄る。一発ぐらい頭を叩いてやろうと背もたれ越しに見下ろすと、映一は目を閉じていた。薄く開かれた唇から穏《おだ》やかな寝息が出入りしている。

我知らず大きなため息が漏《も》れた。

「人に飯作らしといて寝んなや……」

小声で文句を言って、雄大はソファの前にまわった。エプロンをつけたまましゃがみ、映一を覗き込む。

直線的な眉。閉じられた切れ長の双眸を飾る、長い睫《まつげ》。スッと通った隆《たか》い鼻筋。

「カッコエエなあ」

思ったことをそのままつぶやいて、雄大は映一の寝顔を眺めた。

口には出さんかったけど、かなり疲れてたんやろな……。

昨日の撮影が終わったのは午前四時。マンションへ戻ったのも束《つか》の間《ま》、四時間後の午前八時に撮影が始まった。しかも一昨日《おととい》からは、歌と振り付けのレッスンも加わった。

子役の頃からこの業界にいて、全然売れない時期があって前の事務所やめて。そのときにいろいろあったんだと思います。

藤内の言葉が思い出された。売れなくなった途端に態度を変える人間は、少なからずいるはずだ。事実、雄大は現場で軽く扱《あつか》われている俳優やタレントを目にしている。

こいつは、そういうのを経験してるんや。

無意識のうちに手が伸びた。そうしようという明確な意志はなく、ごく自然に頭を撫《な》でてやる。

すると映一は、わずかに口許《くちもと》をほころばせた。ただそれだけで随分と幼く、幸せそうな寝顔になる。

つられて微笑《ほほえ》みながら、雄大は映一を起こそうかどうか迷った。寝かせておいてやりたいが、食事をして風呂に入ってからきちんと睡眠をとった方が、体にはいいだろう。

「映一」

遠慮がちに呼んで肩を揺すると、直線的な眉がひそめられた。低いうなり声をあげ、背もたれの方を向いてしまう。その拍子《ひょうし》に、腹の上にあった台本が床に落ちた。何度もめくったからだろう、ぼろぼろだ。

反《そ》り返った表紙を目にした途端、なぜか心臓をぎゅっとつかまれたような錯覚《さっかく》に陥《おちい》った。

――何か、痛い。

「映一、起きろ。風邪ひく」

台本を拾い上げ、改めて肩を揺する。

「うるせぇ……」

「うるそう言わんと起きんやろが。飯できたぞ。食うてから寝ろ」

いつになく優しい声になっているのを感じながら言うと、映一はうっすら目を開けた。黒々とした瞳がぼんやりと見上げてくる。

「雄大……？」

呼ばれた声が普段より甘くて、くすぐったい。寝ぼけるとこんな風なのだろうか。

「飯できたから食え」

「朝か……？」

「いや、まだ夜や」

「じゃあ寝る……」

つぶやいて再び瞼《まぶた》を落とした映一の肩を、慌てて揺する。

「起きろて。後でゆっくり寝たらええから、今はとにかく」

飯を、と言いかけたそのとき、突然腕をつかまれた。間を置かず、強い力で引っ張られる。

「うわ！　と、わっ」

気が付いたときには、映一の上に倒れ込んでいた。背中に両腕をまわされているせいで、身動きがとれない。服越しに胸の筋肉の硬い感触と、幾分か高い体温が伝わってくる。映一のにおいとフレグランスの香りが入り混じり、鼻先をくすぐった。

先ほどつかまれた心臓が、今度は弾《はじ》かれたように跳ねる。同時に、なぜか頬《ほお》に血が上る。

何じゃこりゃ！

「おいコラ、離せ、映一！」

「うるさいな、まだいいだろ……」

「まだて、何がまだやねん」

「まだ、帰らなくてもいいだろって……」

「やっ、それはっ、ええけどもっ、と、とりあえず離せ！」

おりゃあ！　と気合を入れ、映一ごと上体を起こす。それでも抱きついていられるほどには力を入れていなかったらしく、映一はずるずるとソファに崩れ落ちた。

頭をクッションに落としたところで、ようやく切れ長の目が開く。大きく瞬《まばた》きをすること一回、二回。はっきりと意識を取り戻したらしい映一が、こちらを見上げてきた。

「目ぇ覚めたか？」

「覚めた」

短く答えて、映一は体を起こした。かと思うと視線をそらし、ち、と雄大にも聞こえるぐらいの大きな舌打ちをする。

うわ、めちゃめちゃ機嫌悪いんやけど。

「もっと普通に起こせよ」

「最初は普通に起こしたわ。けど起きんかって揺さぶったら、おまえが俺をだっ」

きしめてきたんやろが、と続けようとしたが、できなかった。ただでさえ上気していた頰が、ますます熱くなったからだ。

「俺がおまえを何だよ」

「何もない！　飯できてるから食え！」

手に持っていた台本を映一に押しつけ、勢いよく踵を返す。ドスドスと足音をたててキッチンに戻った雄大は、早速茶碗《ちゃわん》にご飯を盛り始めた。まだ頬が熱い。心臓も激しく波打っている。

何やこれ、どうなってんのや。

映一が男の目から見ても整った容姿であることは事実だが、抱きしめられて赤くなるなんておかしい。

俺は映一のファンか。

仕事してるときは文句なしにカッコエエし、プロ意識も凄《すご》いし、ある意味ファンやけども。

一人めまぐるしくノリツッコミをこなしていたそのとき、雄大、と鋭い声で呼ばれた。

振り返ると、映一は既にテーブルについていた。長い指で雄大の手元を差す。

「俺はもっと軽く盛りつけた方が好きだ。やり直せ」

ハッとして茶碗に視線を戻すと、日本昔話に出てくる飯のように山盛りになっていた。

気付かんかった……。

「こ、これは俺のやからええんや」

「何で自分のを先にやってんだ。俺が先だろ」

「どっちが先でもええやろ。どうせ一緒に食うんやから」

自棄気味に言い返すと、映一はなぜか言葉につまった。二人きりのキッチンに、しん、と沈黙が落ちる。

……何で黙ってんのや。何か言えや。

何かわからんけど、めっちゃ恥ずいやないけ！

「はいどうぞ！　軽く盛っときました！」

沈黙に耐え切れず、必要以上に大きな声を出した雄大は、乱暴な仕種で茶碗を置いた。

映一はいつも通り、礼も言わずに手を合わせ、いただきますとぶっきらぼうにつぶやく。ちらともこちらを見ようとはしない。

無視されている。

そう思えればよかったが、雄大の目には生憎《あいにく》、映一の不機嫌な表情は違う風に映った。

照れている。

「……！」

あかん。マジで俺、洗脳されてる。

仕事で一緒にいるのは仕方がない。映一《えいいち》の側《そば》にいるのが、現場マネージャーである雄大《ゆうだい》の仕事だからだ。しかし、オフのときに行動を共にする必要はない。そもそもオフ自体が極端に少ない。はずなのだが。

何で昨日早《は》よ終わったのに、今日も昼から休みになるかなあ！

雄大は憂鬱《ゆううつ》な気分で、Tシャツにジャージのズボンという格好《かっこう》の映一を見つめた。一人で稽《けい》古《こ》しているにもかかわらず、先ほどから三人が交差するところを何度もくり返している。藤内《ふじうち》と伊原《いはら》に迷惑をかけまいとしているのだろう。

場所は事務所が借りているスタジオだ。三日前、新曲の振りをつけてもらうために訪《おとず》れた場所である。

伸びやかな腕、ひきしまった広い胸、高い位置にある腰、長い脚。それらがしなやかに、軽やかに動く。整った鋭《するど》い面立《おもだ》ちに映《うつ》る表情は真剣だ。見る者を惹《ひ》きつけずにおかないのは、彼の演技と同じである。

くそ。やっぱりめっちゃカッコエエ。

他者が入ってこないプライベートな空間で、二人きりになりたくないと思っているときに限ってのオフである。メインキャストの俳優が体調を崩したとかで、予定していたシーンが撮れなくなったのだ。映一が今日は帰っていいと言ってくれさえすれば帰宅できたのだが、練習に付き合えと命令されてしまった。

おまえは俺と二人きりで平気なんか！

心の内だけで映一にツッこんでから、平気に決まってるやろが！　と今度は己《おのれ》にツッこんだ。

平気ではない自分がおかしいという自覚があったからだ。

昨夜《ゆうべ》、向かい合って夕食を食べているとき、炒《いた》めすぎだの味が薄いだの、映一は相変わらず文句たらたらだった。しかし雄大には、素直に旨《うま》いと言えない彼の照れ隠しに聞こえた。

せやかて結局、残さんと全部食べたし。

皿を洗い終え、そろそろ帰ろうかと思っていると、溜まった雑誌の整理をしろと命じられた。しかし雄大は、側にいてくれと言われたような気がした。

せやかてその雑誌、映一が座ってたソファのすぐ横に散らばってたし。

しかも自分は、映一のそうした態度を嬉しいと感じている。嬉しいだけならまだいい。顔が赤くなったり、胸が騒いだりするのだ。

やばいぞ俺。わけのわからんもんに毒されてきとる……！

「雄大！」

呼ばれて、雄大は頭を抱《かか》えていた両腕を慌てて解《と》いた。いつのまにか側に寄ってきていた映一が、不審げにこちらを見下ろしている。

「何やってんだ」

「や、別に！　あ、これ、タオル」

秀《ひい》でた額《ひたい》から汗が流れ落ちるのを見て、雄大は用意していたタオルを差し出した。いつも通り、礼を言わずに受け取った映一は乱暴に顔を拭《ぬぐ》う。そんな仕種《しぐさ》も様《さま》になる。

できたら離れて座ってほしいんやけど。

雄大の願いも空《むな》しく、映一は隣に腰を下ろした。壁際に置かれた長椅子は広くスペースが空《あ》いているのに、二人の距離はわずか三十センチほどだ。

せめてもうちょっと離れてくれ！

性懲《しょうこ》りもなく胸が高鳴るのを感じたが、映一がこの位置を選んだ以上、雄大が離れるわけにはいかない。仕方なく、心持ち視線をそらしたままスポーツドリンクを手渡す。

ドリンクをあおった映一は、大きく息を吐いた。かと思うと鋭い視線を突き刺してくる。

「ぼうっとして、何考えてたんだよ」

「や、別に何《なん》も」

おまえのことやとも言えず首を横に振ると、ふいと視線がそれた。

「何か予定でもあったのか」

ぶっきらぼうに問われて、へ、と雄大は間の抜けた声をあげた。思わず隣を見てしまう。

しかし映一は頭からタオルをかぶっていたため、表情は見えなかった。

安心したような残念なような、複雑な気持ちで尋ねる。

「予定て？」

「今日、久しぶりに半日オフだろ。誰かと会いたかったのかって聞いてんの」

「誰かて？」

自分の日常を聞かれるのは初めてだったこともあり、質問の意図がつかめなくて鸚鵡返《おうむがえ》す。

すると映一がムッとした気配がした。

「家族とか友達とか、女とか」

素《そ》っ気《け》なく言われて、ああと雄大は頷いた。

「家族も地元のツレも関西におるし、大学んとき仲良かったツレは、転勤やらUターンやらで全国に散らばってるしな。会おかー言うて簡単に会える距離ちゃう」

本当のことだ。今、気軽に会える友人といえば、『まんぷく屋』の店長と、フミさんをはじめとする常連客ぐらいである。

「女は」

ぽん、と投げるように問われて、雄大はひきつった笑いを浮かべた。

「カノジョはおらん」

「いないのか」

「おらんて言うてるやろが。ちゅうかカノジョおったら現場マネージャーなんかでけんやろ。や、逆か。現場マネージャーやってたらカノジョなんかでけん」

「そうだな」

タオルで首筋を拭いつつ、映一はあっさり頷いた。やはり表情は見えないが、何となく楽しそうだ。

うわ、性格悪っ。

「そうだな、て何をカッコつけとんねん。おまえのせいで恋人でけんて言うてんのやぞ。ちょっとは自重《じちょう》せぇよ」

「勝手に人のモノマネすんな、気持ち悪い。しかも似てねぇし。何で俺がおまえのために自重しなくちゃいけないんだ、バカらしい」

「バカらしいことあるか。おまえかてカノジョできたら俺に協力してもらわなあかんやろが。お互いさんやろ」

いつものように勢いよく言い返した次の瞬間、タオルの向こうで映一の機嫌が急降下したのが感じられた。スタジオの空気が、一瞬で凍りついたような錯覚《さっかく》に陥《おちい》る。

今の会話のどこが気に入らんかってん……。

もしかして、もう恋人おるとか?

それか別れたばっかりとか。

「雄大」

「な、何や」

口ごもってしまったのは、映一の声が今までになく低かったからだ。

「おまえ、いい加減わかれよ」

「わかれって何を」

本当にわからなかったので尋ねた途端、映一の機嫌がいっそう悪くなったのが伝わってきた。ただでさえ凍りついていた空気が、猛吹雪《もうふぶき》にみまわれたかのようだ。

思わずごくりと息を飲み込むと同時に、映一が低い声のまま話し出した。

「俺がおまえの作った飯を残したことって、今まで一回もなかったよな。おまえが作れなさそうな、タイ料理とかフランス料理とかを作れとも言わなかっただろ。ていうかおまえ、俺が何のために普段しない洗濯したり、ジャケットのボタンをわざととったりしたと思ってたんだ」

まだ話が見えなくて黙っていると、映一はちっと盛大な舌打ちをした。

「ほんと鈍《にぶ》いな、おまえは。おまえと二人でいる時間を作るためだろうが」

——はああああ?

雄大は心の中で長い疑問の声をあげた。

そんなんわかる方がおかしいわ!

え、てことは俺が今までわがままや思《おも》てきた行動は、こいつ的には好意やったんか?

ええええええ! ありえへんやろ、そんな好意!

驚きのあまりパチパチと瞬《まばた》きをくり返したそのとき、いきなり映一に肩をつかまれた。タオルをかぶった端整な面立ちが目の前に現れる。刹那《せつな》、唇に柔らかいものが触れた。

全く予測しなかった動きに反応できないでいると、膝《ひざ》の上にドスンと硬いものが置かれた。

反射的に落とした視線の先にあったのは、映一の頭だった。

何でいきなり膝枕？

それより、さっきのはいったい……。

「え、映一？」

見下ろした映一の顔は、ほとんどタオルで覆《おお》われていた。切れ長の双眸《そうぼう》だけが、わずかに覗《のぞ》いている。

「まだわかんねぇのか」

「いや、あの……」

「バカだろ、おまえ」

心底あきれた、という視線を向けられてカッとなる。

「バカて言うな、アホて言え」

「どっちでも同じだろうが。もういい、わかんねぇなら、これから俺がわからせてやる」

「わからせるて何を」

「もういいって言ってんだろ。どうせわかんねぇんだから鈍い頭で考えんな」

「おまえな！」

ばかにしきった口調に思わず怒鳴ると、うるせぇ、と映一はさも面倒くさそうに言い返して

きた。鼻と口許《くちもと》を覆っていたタオルを長い指で取り去り、かわりに目を覆う。

「ちょっと休む。話しかけんな」

不機嫌に言い放ち、映一は口を噤《つぐ》んだ。タオルで見えないが、目も閉じたらしい。それきり動かなくなってしまう。

呆気《あっけ》にとられて膝の上にある形の良い鼻梁《びりょう》とすっきりとした唇を見つめていた雄大は、唐突に、ド！　と大きな音をたてて心臓が跳ねるのを感じた。同時に顔といわず耳といわず首筋といわず、火を噴いたように熱くなる。

雄大は思わず、両手で口許を押さえた。

さっきのキスやった。映一にキスされた！

ていうか俺の心臓は何でこんなバックバクしてんねん！　男にキスされたのに何で気色悪いて思わへんねん！　ていうか何でキスや！

キスをしたということは好きということなのだろう。――それも、恋愛の意味で。

「……！　……っ！」

パニックに陥《おちい》り、頭を抱える。が、膝はぴくりとも動かない。声も出ない。体はもう本能のように、映一を優先させている。

なななな何じゃこりゃー！

雄大は上半身だけで悶絶《もんぜつ》した。

「えー、撮影も無事に終わりまして、心底ほっとしております。おかげさまで先週の放送は二十パーセントを超えました！」

マイクを手にした壮年《そうねん》の男性プロデューサーは声を張り上げた。おおー、というどよめきと共に拍手が湧《わ》き起こる。

たくさんの料理が並べられた高級レストランのフロアに集《つど》っているのは、俳優、監督、脚本家、そして編集や照明、美術といったスタッフたち、ドラマの関係者だ。芸能事務所の人間もいるので、百人近い人数が顔をそろえている。不況で制作費が削《けず》られているとはいえ、ゴールデンタイムに放送されているドラマだけあって、打ち上げも豪華だ。

拍手が収まるのを待ち、プロデューサーは満面に笑みを浮かべた。

「皆さんには過密《かみつ》なスケジュールをこなしていただいて、感謝の言葉もありません。本当にありがとうございました。それでは、主演の鷲津《わしづ》君から一言お願いします。あ、乾杯の音頭《おんど》もお願いしちゃおうかな」

待ってました！　映《えい》ちゃんがんばって！　とあちこちから声がかかる。

プロデューサーからマイクを、近くにいたスタッフからビールが入ったグラスを受け取った映一《えいいち》は、一同に向かって頭を下げた。

「ご紹介に与《あず》かりました鷲津映一です」

知ってるぞ！　と監督からツッコミが入り、どっと会場が沸く。

監督に向かっておどけたような表情をした映一だったが、すぐ真面目な顔に戻り、マイクを握り直した。

「皆さんご存じの鷲津映一です」

再び会場が笑いに包まれる。映一も笑った。

「皆さん、お疲れさまでした。初めての連続ドラマ、初めての主演ということで、いろいろと至らないところもあったと思いますが、ここにおられる皆さんのおかげで、無事務めさせていただくことができました。ありがとうございました」

深々と頭を下げた映一に、自然と拍手が起こる。顔を上げた映一は、ニッコリ微笑《ほほえ》んだ。

「では、高視聴率が最終回まで続くことを願って、乾杯！」

かんぱーい！　と大勢の声がそろい、たちまち歓談《かんだん》するざわめきがフロアに満ちた。少し視線を動かせば、テレビや雑誌で見たことがある顔に行き当たる。そこかしこから、キラキラとした華やかな光が放たれているようだ。

——凄《すご》い。芸能界って感じや。

会場の片隅から一部始終を眺めていた雄大《ゆうだい》は、手にしたウーロン茶を飲むことも忘れてため息を落とした。

何か俺なんかがおったらあかん気ぃするな。

居心地の悪さを感じていると、ふとスラリと伸びた長身に目が吸い寄せられた。映一だ。遠目でも、すぐに彼だとわかる存在感がある。

映一にキスをされてから三日が経《た》つが、特別変わったことはない。膝枕《ひざまくら》をしてやっている最中に藤内《ふじうち》と伊原《いはら》が合流し、三人で練習を始めたため、雄大は一足先に帰宅した。さすがの映一も、久しぶりに飲みに行こうというメンバーの誘いは断れなかったようだ。

次の日もその次の日も、朝から晩まで仕事がびっちりつまっていた。映一がわがままを言う隙もないぐらい、そして雄大が映一のキスについて考える暇《ひま》もないぐらいの、分刻《ふんきざ》みのスケジュールだった。

俺男やし一般人やし、これっちゅう才能もない平凡な人間やし。映一が俺を好きなんて、普通に考えたらありえへん。

ていうか、キスはされたけど好きとは言われてへんよな。全部俺の勘違いやったりして。

今朝早く、白々と夜が明けてきた街を車で走りつつ、そんなことをつらつらと考えた。

ちゅうかこんなでかい車運転して、超有名な芸能人を送ってること自体、ちょっと前の俺からしたらありえへんけど。

夢の中にいるような錯覚に陥《おちい》りながらマンションの駐車場に車を停め、サイドブレーキを引いた瞬間、後ろから伸びてきた腕に肩をつかまれた。間を置かず、耳元で低い声が囁いた。

なかったことになんか、しないからな。

「篠倉《しのくら》君」

耳元でふいに呼ばれて、ぎゃ！　と雄大は声をあげた。中身がこぼれそうになったグラスを、慌てて安定させる。

「そんな幽霊に会《お》うたみたいな声出さんでも」

あきれたように見下ろしてきたのは、長身をTシャツとジーンズで包んだ男だった。ラフな格好《かっこう》だが、だらしなくは見えない。

「百瀬《ももせ》さん……」

「おう。お疲れ」

「お疲れさまです」

頭を下げると、百瀬は雄大のグラスを覗き込んだ。

「ウーロン茶か。酒飲まへんのか？」

「映一を送らんとあかんので、酒はちょっと」

「あいつ二次会出ぇへんのか」

「出ますよ。俺はこの打ち上げが終わったら一旦帰って、後で迎えにくるつもりです。さすがに三次会まで行かれると明日の仕事に障《さわ》るんで、適当なとこで切り上げさせます」

迎えに行けというのは水野《みずの》の指示だが、雄大自身も映一を休ませたかった。昨日も一昨日《おととい》も、彼はろくに寝ていない。いくら若くて体力があるといっても限界はある。

「めっちゃ甘やかしてんなあ」

からかうような物言いに、雄大は頬が熱くなるのを感じた。今朝の映一の言葉を思い出していたからか、無性《むしょう》に恥ずかしい。

「別に甘やかしてません。現場マネージャーやったら普通でしょう」

できる限り冷静な口調で言ったが、いやいや、と百瀬は首を横に振った。

「一昔前やったらともかく、今は普通ちゃうで。最近はマネージャーいうても、タレントに尽くしたりせんからな。マネージャーはあくまで仕事、二十四時間縛《しば》られるなんて真《ま》っ平《ぴら》ゴメンていう人がほとんどや」

「そうなんですか？」

初耳だった。業界のことを何も知らなかったせいか、現場マネージャーはタレントのどんなわがままにも応《こた》えて当然と思っていた。

単に、水野さんにごまかされてたともいうけどな……。

プロデューサーと笑顔で話している水野を会場内に見つけて苦笑していると、そうやで、と百瀬は頷く。

「やからこそ篠倉君みたいな現場マネージャーは貴重なんや。二十四時間尽くしてくれるのに、タレントに取り入って甘い汁吸おうとせんし、タレントと自分を一体化して威張《いば》ったりもせん。ほんま、映一が羨《うらや》ましいわ」

百瀬に肩を叩かれた雄大は、ふと考えた。

二十四時間体制のマネージャーが貴重やから、映一は俺を好きになったんやろか。

逆を返せば、わがままを聞いてくれる人物なら、雄大でなくてもよかったのではないか。

「百瀬さん」

「うん？」

「俺がもし百瀬さんのマネージャーになったら、百瀬さんは俺のこと好きにならはりますか？」

真面目に問いかけたつもりだったが、百瀬は笑った。

「マネージャーになってくれんでも、僕は篠倉君のこと好きやで」

「……ありがとうございます」

そういう意味の好きやないんですと否定するわけにもいかず、雄大は礼を言った。普通の男の反応として、百瀬の回答は至極《しごく》真っ当だ。男が男を好きになるのに、友情以外の可能性を考える方が珍しい。

ちゅうか映一の奴、俺を好きてゲイなんか。

今日の昼間、久しぶりに五時間ほどぐっすり眠ったせいか、今まで忙しさと疲れで止まっていた思考がやたらとまわる。

俺はどうなんや。嫌やて思わへんてことは、俺もゲイ？

えええええ！　俺ゲイやったんか！

「めっちゃぐるぐるしてんなあ、篠倉君。映一に告白でもされたか」

耳元で囁かれた言葉に、えっ！　とまた声をあげてしまう。幸い、周囲にいた人たちは会話に夢中で、不審に思われることはなかった。

首が千切《ちぎ》れるような勢いで百瀬を見上げる。

すると、彼はまたニッコリ笑った。邪気《じゃき》が全く感じられない笑顔が、逆に怖い。

「図星か？」

「やっ、あの、何でそんなっ」

「見てたらわかるわ。この業界ソッチの奴もけっこうおるしな。ああ、ほれ、映一がこっち気にしとるぞ」

慌てて会場内に視線を向けると、大勢のスタッフに囲まれた映一といきなり目が合った。

うわ、ものっそい見てる。

ていうかにらんでる。

咄嗟《とっさ》に顔を伏せた雄大の横で、百瀬がクスクスと笑う気配がした。

「あいつ勘ええなあ。篠倉君、僕のタイプやからな。僕のこと警戒しとるんや」

つぶやかれた言葉に、ええっ！　と雄大はまたしても大きな声を出してしまった。再び首も千切れよとばかりに百瀬を見上げると、彼は笑って軽く手を振る。

「冗談や、冗談」

「百瀬さん……」

「ていうのは冗談で」

「百瀬さん！」

ようやくからかわれていると気付いて涙目になっていると、ごめんごめん、と百瀬はやはり笑いながら謝った。

「いろいろ大変やと思うけどがんばれ。俺は応援してるぞ」

「応援て何を……」

尋ねたそのとき、モモ君、と呼ぶ声がした。監督と話していたベテラン俳優が手招きしている。はい、と返事をした百瀬は雄大の肩をポンとひとつ叩き、彼らの方へ歩き出した。

一人残された雄大は、大きなため息を落とした。いつのまにか強張《こわば》っていた体から力は抜けたが、頬は熱いままだ。ただのハッタリなのか、本当に気付いているのか、百瀬が人間的に上手《うわて》すぎてさっぱりわからない。

しかし悪意はないようだった。万が一脅迫《きょうはく》が目的だとしても、金も地位もない雄大より映一を狙った方が効果的だ。

ていうか百瀬さんが、そんな卑怯《ひきょう》なことするとは思えん。だいたい、するる意味自体ないし。

再びため息を落とした雄大は、喉《のど》の渇《かわ》きを覚えて、テーブルに置いておいたウーロン茶を一気にあおった。映一のマネージャーになって約二ヵ月。今まで散々《さんざん》映一のわがままに振りまわされ、体力も気力も消耗《しょうもう》してきた。

けど、今が一番疲れている気ぃする……。

映一から迎えに来いと連絡が入ったのは、深夜二時をまわった頃だった。一次会を途中で抜けて自宅へ戻り、風呂に入って少し眠ったおかげで頭がすっきりとした雄大は、すぐにマンションを出た。

「雄大、ゆーうーだーいー」

連呼《れんこ》されて、はいはいとおざなりに返事をする。肩を貸しているだけだが、自分より十センチ近く背が高い酔っ払いは相当重い。しかも映一は玄関で靴を脱いでから、少しずつ自分の足で歩くことをやめていっている。

こら相当飲んだな……。

迎えに行った時点で、かなり出来上がってはいたのだ。共演者たちがついていてくれたので酒の失敗はしていないはずだが、明らかに飲みすぎである。

「あー、もう、重い」

長く伸びた体を担《かつ》ぐようにして、寝室のドアを開ける。迎えに行く前に空調をきかせておいたため、中は涼しい。

ベッドまでずるずるとひきずっていくと、雄大、とまた呼ばれた。

「はいはい、何やねん、オラ、着いたぞ！」

長身をベッドに投げ出す。が、映一が肩を離さなかったため、もろとも倒れてしまった。

うわ、と声をあげている間に、強い力で抱き寄せられる。筋肉質な腕と硬い胸の感触が全身を包み込み、雄大は焦《あせ》った。

「ちょ、おまえ、何すんねん、離せ」

「やだ」

「子供か。ええから離せて！」

どうにか逃《のが》れようとするが、映一の腕ははずれない。

「打ち上げで、モモさんと何しゃべってた」

耳元で問われてギクリとしたものの、その動きはもがく動作にうまく紛《まぎ》れた。

「またそれか。何《なん》もしゃべってへん、世間話しとっただけや」

「ごまかすな。あの人、おまえのこと気に入ってんだぞ。ちょっと同じ方言しゃべれると思って馴《な》れ馴れしくしやがって」

「はあ？　何をアホなこと言うてんねん。おまえ今日飲みすぎやぞ」

尚ももがきながら言うと、うるせぇ、とぶっきらぼうな応えが返ってきた。

「おまえ、モモさんに近付くな。あの人以外にも近付くな。俺の側《そば》にだけいろ」

苛立《いらだ》ちを隠そうとしない物言いに、もとから熱くなっていた頬が一気に温度を上げる。

何じゃその独占欲丸出しのセリフ！

「無茶言うな。だいたいおまえ、わがまま聞いてもらえるんやったら誰でもええんやろが」

恥ずかしさをごまかすために素《そ》っ気《け》なく言うと、ああ？　とさも不機嫌そうな低い声が頭上から降ってきた。

「バカかおまえは。俺はそんな単純じゃない」

「バカて言うな、アホて言え！」

「おまえ、前からそれ言うよな。どう違うんだ、一緒じゃねぇか」

「ニュアンスが違う、ニュアンスが！」

「めんどくせぇなあ……」

うなるように言ったかと思うと、映一は雄大を押さえつけていた腕を離した。これ幸いと体を起こそうとしたが間に合わず、長い指で頬をつままれる。

「何すんねん」

「こうすんだよ」

ぐいと頬を引っ張られ、ひて、と間の抜けた声を発した唇を柔らかいもので塞《ふさ》がれた。アルコールのきついにおいに顔をしかめると、唇の隙間から濡れた感触が忍び込んでくる。

「んっ！」

ぎゃ、と叫んだ声は口の中に留まり、くぐもった音になった。躊躇《ちゅうちょ》することなく口内を探ってくる舌、手首を捕らえる長い指、肩を押さえつける、ひきしまった上半身。その上半身から発せられる酒のにおいと、映一自身のにおい。全てに翻弄《ほんろう》されて目眩《めまい》がする。

こんなキス、したことない。

思わずきつく目を閉じると、ジーンズの脚の間を膝で擦《こす》られた。ぎゃ、という悲鳴は映一の唇に吸い取られる。

「んう！　んんー！」

コラ！　動かすな！

声を限りに叫んだつもりだったが、ひとつも言葉にならなかった。四年近く女性と関係を持たなかった上に、現場マネージャーになってからろくに処理をしていない体は、あっという間に火がつく。ためらうことなく素肌に触れてくる手と、息を継ぐ間もない激しいキスが、腰に溜まる熱を増幅させる。

――やべ、気持ちいい。

朦朧《もうろう》とした意識で快感を追っていると、ちゅ、と音をたてて口づけが解《と》かれた。互いの唇から甘く荒い呼気《こき》が漏《も》れる。

「…………」

うっすらと目を開けたが、視界が滲《にじ》んで映一の表情は見えなかった。反射的に瞬《まばた》きをしたものの、映一が覆《おお》いかぶさってきたため、端整《たんせい》な面立《おもだ》ちは見えなくなってしまう。

「……映一？」

ズシリとした重さを全身で受け止めた雄大は、恐る恐る呼んでみた。

返事はない。かわりに聞こえてきたのは、規則正しい息遣いだった。どうやら眠ってしまったらしい。

あきれとも安堵《あんど》ともつかないため息が漏れた。が、次の瞬間、怒りが湧《わ》いてくる。

「おまえこれ、どないしてくれんねん……！」

雄大は低く怒鳴《どな》った。半端《はんぱ》に煽《あお》られた体は熱をもったままだ。

最後まで責任持て！

自分のその考えを、いやいやいや！　と力いっぱい否定する。

何考えてんねん俺、コワッ。

男にキスされて触られて、萎《な》えるどころか興奮してしまった。カッとなっていた頭に、また別の意味で血が上る。

俺はやっぱりゲイなんか。

や、でも今までは女の子と付き合《お》うてきたんやから両刀《バイ》か。

芸能界で働いている自分と同じで、そんな自分は夢の中の登場人物のようだ。現実感がまるでない。


——とりあえずこれ、どうにかせんと。

一向《いっこう》に治《おさ》まらない高ぶりに情けない気分になりつつ、映一の下から這い出す。力の抜けきった体は重い。ベッドに転がす動作がいささか乱雑になったのは仕方がないだろう。

肩で息をしながら布団をかけてやった雄大は、ベッドサイドの加湿器《かしつき》のスイッチを入れた。もうすぐ新曲のレコーディングがあり、その後アルバムの作業もある。歌番組もたくさん控《ひか》えている。歌うとなれば、特に喉《のど》を大切にしなければいけない。乾燥は禁物《きんもつ》だ。

勃《た》たせながら気遣《きづか》う俺もどうか思うけど……。

雄大はため息を落とし、映一を見下ろした。微《かす》かに口角《こうかく》が上がっているせいか、笑いながら眠っているように見える。

まあええか、と思う。何がまあいいのか自分でもよくわからないけれど、それでもいい。

せやかてこいつ、めっちゃ幸せそうな顔してるし。

明日は朝八時から仕事が入っているから、遅くとも七時には起こさなくてはいけない。今現在は三時すぎ。四時間は眠れる。

今日は俺もここに泊まろう。

そして明日は朝食を作ってやろう。この前、和食がいいと言っていたから、メニューは和食で決まりだ。


何かええにおいする……。

炊《た》き立てのご飯の香りだ。昨夜《ゆうべ》、七時に炊き上がるようにタイマーをセットしておいた。キッチンに続くリビングのソファで眠ったせいで、香りが漂《ただよ》ってきたらしい。

てことはもうすぐ六時？

薄く目を開けると、ローテーブルに置かれた目覚まし時計が視界に飛び込んできた。

長針と短針が示しているのは、六時十二分。

「やべ！」

飛び起きると同時に、何が、と問われた。声がした方を勢いよく振り返る。

キッチンに立っていたのは映一《えいいち》だった。

「あ、映一。おはよう」

反射的に挨拶《あいさつ》をしてから、ハッとする。

「俺寝坊や！　ごめん！」

「朝からうるせぇな。別に寝坊じゃねぇよ」

「や、けど六時すぎてるし！」

慌ててタオルケットを剝《は》がし、ソファから下りる。六時にアラームをセットしておいたはずなのに、どうして鳴らなかったのだろう。

不思議に思いつつキッチンへ歩み寄ると、テーブルに皿が置かれていた。殻《から》が剝《む》かれた茹《ゆ》で卵が四つ並んでいる。つやつやとした白身が美味《おい》しそうだ。

俺、昨夜茹で卵なんか作ったっけ？

瞬《まばた》きをしてキッチンを見まわすと、シンクの横にニワトリをかたどった丸いフォルムの器具が置いてあった。オブジェではなく器械だとわかったのは、尻尾《しっぽ》からコンセントが出ていたからだ。シンプルなデザインのキッチンにも、鋭《するど》い容貌《ようぼう》の映一にも似合わない、愛らしい外観である。

「何や、このカワイイの」

「卵茹で機」

映一はあっさり答える。

「前にビンゴで当たったんだ。一回も使ったことなかったからもったいないと思って」

「卵茹で機なんかあるんや。初めて見たわ。てかおまえ、何でいきなり卵茹でてんねん」

「別に。朝起きたら茹で卵が食いたい気分だったから」

何じゃそら、と心の内でツッこんだ雄大《ゆうだい》は、映一の目許《めもと》がわずかに赤いことに気付いた。

——信じられんけど、ひょっとして、まさか俺のために作ってくれたんやろか。

映一がそんなことをするわけがないと思いながら、遠慮がちに尋ねてみる。

「なあ、これ俺も食うてええ?」

「一人で四つも食べられないからな。もったいないからやるよ」

映一の返事はどこまでも素《そ》っ気《け》ない。

が、やはり切れ長の目許は赤かった。その上、視線を合わせようとしない。

何じゃこら。ごっつカワイイやないか。

映一は恐らく雄大のために朝食を用意しようとしたのだ。しかし料理の経験がなく、どうすればいいかわからなかったに違いない。器具を使って作る茹で卵は、苦肉《くにく》の策《さく》だったのだろう。もしかすると、目覚まし時計を止めたのも映一かもしれない。少しでも長く雄大が眠れるように。

「ありがとう、映一」

「俺が食いたかったから作ったんだ。それに決められた量の水入れてスイッチ押しただけだから、礼を言われる筋合《すじあ》いはない」

そんなこと言うても、やっぱりちょっと顔赤いんですけど。

自然と緩《ゆる》んでくる頬を懸命に引きしめる。

「まあでも、おまえが食べたい思《おも》たおかげで、俺も食べられるわけやから。やー、嬉しいなあ、七味《しちみ》と醤油《しょうゆ》、七味と醤油」

節《ふし》をつけつつ調味料の棚《たな》を開けると、映一は不思議そうな表情で横に並んだ。

「七味と醤油で何すんだ」

「茹で卵にかけて食うに決まってるやろ。ご飯のおかずにぴったりや」

「茹で卵は塩だろ。それ以外は邪道《じゃどう》だ」

「あ、出たで塩派の横暴《おうぼう》が」

文句を言いながらも七味唐辛子《とうがらし》と醤油ではなく、塩を先に手に取り、渡す。ん、と映一は頷いて受け取った。

素直にしてるとほんまカワイイ。

雄大を押し倒して濃厚《のうこう》なキスをした男とは思えない。

——そうだ。昨夜、映一にキスされて触られたのだ。寝室を後にした雄大はバスルームで一人、自慰《じい》をした。おのずと脳裏《のうり》に浮かんだのは映一の熱い吐息と長い指だった。

こいつ、覚えてへんのか。

塩をテーブルに置いている映一をちらと見遣《みや》る。整った横顔からは、覚えているのか覚えていないかは読み取れない。相当酒が入っていたから、もしかすると覚えていないかもしれないけれど。

俺は全部覚えてるぞ、恥ずかしい！

「俺、とりあえず顔洗《あろ》てくるわ」

顔が赤くなってきたのを悟《さと》られないようにキッチンから出たそのとき、ピリリリリ、と携帯電話が鳴った。ローテーブルに置いていた雄大の電話が点滅《てんめつ》している。仕事用だから、かけてくる人物は水野《みずの》が主だ。スケジュールの変更でもあったのか。

急いでリビングに戻り、通話ボタンを押す。

「お疲れさまです、篠倉《しのくら》です」

『あ、シノちゃんお疲れ～。水野でーす』

聞こえてきたのは案《あん》の定《じょう》、水野の声だった。朝だというのにテンションが高い。

『ちょっとまずいことになってねー。現場行く前に映一と一緒に事務所に寄ってくれる？』

まずいことになったと言っているのに、水野の口調は軽い。

「まずいことて何ですか」

『たぶん昨日の打ち上げで二次会へ行くときだと思うんだけど、映一が女優の秋村《あきむら》ヒトミと一緒にいるとこを撮られちゃったんだよ。明明後日《しあさって》発売の週刊誌に載るらしい』

映一の視線を感じながら、はあ？　と雄大は頓狂《とんきょう》な声をあげた。

「一緒にて、昨日の二次会は他にも大勢いてはったでしょう」

『そうなんだけど、二人をメインに撮られてんだよね。秋村は今売り出し中だし、撮られた週刊誌も秋村の事務所寄りのとこだから、向こうの売名だと思うんだけど』

「売名て……」

不穏《ふおん》な言葉に眉を寄せる。今し方までの浮かれた気分が、急速に萎《しぼ》んだ。

『あ、そんな深く考えなくていいからね。火のないところにも煙《けむり》が立つのがこの業界なんだ。映一はこれから俳優にシフトチェンジしてくつもりだから、ファンに変に神聖視《しんせいし》されちゃう前に写真が出るのは、考えようによっちゃプラスだよ』

水野の明るい物言いを、雄大は黙って聞いていた。どんな業界も、きれいごとだけでは成り立たない。多少は裏工作が行われているとは思うが、咄嗟《とっさ》に話についていけなかったのだ。

売名という言葉を聞いたからだろう、側《そば》に寄ってきた映一に視線を向けると、彼は小さく頷いた。話はわかった、と言いたげだ。

『基本、取材でこの話題はNGってことにするけど、もし聞かれたらどう答えるか確認しておきたいんだ。写真も見てもらいたいしね』

「……わかりました。七時すぎには事務所に着くようにします」

『頼むよ。じゃあ待ってるからね』

はい、と応じて通話を切る。どうにも腑《ふ》に落ちないものを感じていると、映一が見下ろしてきた。

「写真撮られたって?」

「ああ、うん。昨夜、秋村さんと一緒におるとこを撮られたらしい」

ち、と映一は舌打ちをした。見上げた横顔はひどく不機嫌そうだ。

「水野さんがようあることやて言うてはったけど、ほんまか」

「まあな。ちょっとゲスト出演しただけなのに打ち上げに来てた時点で、おかしいとは思ったんだよ。彼女は知名度もないし、芝居が上手《うま》いってわけでもないから、高視聴率のドラマに出ても注目されない。でもこれで状況が変わった」

映一の言わんとすることは、雄大にもわかった。写真週刊誌を見て好奇心を持った視聴者の中には、ドラマの放送中、鷲津《わしづ》映一と写真を撮られた女優を探す者もいるはずだ。知名度は否《いや》が応《おう》にも上がるだろう。

ただし、注目されるのはほんの一瞬だ。

「実力もないのに名前だけ売れたとこで、後が続かんのとちゃうんか」

疑問に思ったことをそのまま口に出すと、続かないだろうな、と映一はあっさり頷いた。

「ちょっとの間稼《かせ》げりゃいいんだろ。あそこの事務所は前からそういう考え方だよ。だから誰が見てもガセの売名を平気でやる。彼女がだめになったら次を探すだけだ」

忌々《いまいま》しげに吐き捨てた映一を、雄大はまじまじと見上げた。

無防備な寝顔をさらしていた昨夜の彼とは違う。雄大にわがままを言うときの、意地の悪い表情とも違っていた。今の映一は、雄大よりずっと年上に見える。――彼は幼い頃から大人の世界で暮らし、その裏側を目の当たりにしてきたのだ。

普通に小中高校に通《かよ》て、大学行ってた俺には想像もできん……。

生きてきた世界が違う。

視線に気付いた映一が、何だよ、という風に見返してくる。

雄大は咄嗟《とっさ》に目をそらした。

「仕事行く前に事務所に寄らなあかんようになったから。早《は》よ朝飯食お」

ああ、と映一が不審そうにしながらも頷く。

なぜか胸の奥がひりひりと疼《うず》いた。


「こんな写真で、よく記事にする気になりましたね」

手元のファックスを見下ろした映一が、あきれたように言う。見てみろ、と差し出された紙を、雄大も覗き込んだ。

映一と秋村が並んで写っている。二人の腕は少し触れ合っているように見えるが、それは恐らく映一が足許《あしもと》の看板を避《さ》けたせいだ。しかも背後には百瀬《ももせ》の他、打ち上げの会場で見た人物も写っていた。

これをデートていうんは無理がある……。

正面のソファに腰かけた水野は、器用に首をすくめた。

「ほんと、ろくなカメラマン雇《やと》ってないよな。せめてモモちゃんと脚本の堤《つつみ》さんの顔が入らないように写せっての。これじゃドラマの打ち上げだって丸わかりだよ」

三人で話しているのは、一等地に建つモダンなビル——勝木《かつき》プロダクションの一室だ。

映一と雄大を待っていた水野は、朝早くから電話してきたというのに、疲れた様子は一切見せなかった。服装にも乱れはなく、高級スーツをきっちりと着こなしている。この男もある意味、得体《えたい》が知れない。

「向こうは記事にできれば内容はどうでもいいんだろうけど、モモちゃんと堤さんに迷惑かけることになっちゃった。一応二人には事情を話して、マスコミが質問してくるかもって僕から謝っといたから。モモちゃんは今日、テレビの生で一緒になるはずだから、きちんと直接謝っとけよ。堤さんにも電話してよく謝っとくように。丁寧に、失礼のないようにな」

わかりました、と映一は素直に頷く。

一瞬、お、という顔をした水野だったが、すぐに言葉を続けた。

「この程度の写真なら、もし聞かれても撮影の打ち上げに行っただけですって答えで充分だ。シノちゃんは一応、記者が強引に付き合ってる方向にもってかないように気を付けてやって。

ま、そんな記者いないと思うけどね」

明るく笑い飛ばした水野に、はいと頷いてみせる。頷き返した水野は、腕時計に視線を落とした。

「急に呼び出して悪かったね。そろそろ時間だろ」

同じく腕時計を見下ろすと、確かに仕事の時間が迫《せま》っていた。慌てて立ち上がる。隣に腰かけていた映一も腰を上げた。

「そしたら、失礼します」

「あ、シノちゃんはちょっと残ってくれる？」

出ていこうとしたところを呼ばれ、立ち止まる。すると映一もつられたように足を止めた。

その様子を見て、水野はなぜか苦笑する。

「映一は先に車に行っててよ」

「……ちょっとだったら待ってますけど」

眉をひそめた映一に、ダメダメ、と水野は首を横に振った。

「ここからはR25～。二十五歳以下は出てってちょうだい」

「何だそれ。意味わかんねぇ」

「わかんなくていいから、行った行った！」

立ち上がった水野に促され、映一は渋々部屋を出ていく。肩越しに見つめてくる視線に、すぐ行くから、という意味を込めて頷いてみせると、彼はようやく背を向けた。

パタン、とドアが閉まる。

小さく息を吐いた水野は、立ったまま雄大に向き直った。

「相当懐《なつ》かれたな、シノちゃん」

「え、そうですか?」

「そうだよ。正直、映一がここまで懐くとは思わなかった」

ため息まじりの物言いに、困った、というニュアンスを感じとって、雄大は眉を寄せた。

「懐かれたらあかんのでしょうか」

「いや、全然だめじゃないよ。僕としては大歓迎。映一が精神的に安定してくれるに越したことはないからね。僕が心配なのは、シノちゃんだ」

「俺ですか? 何で?」

うん、と頷いた水野は、初めて見る真面目な顔になった。

「これから先、たぶんずっと、映一はシノちゃんを離さないと思うんだよね」

そんなアホな、というツッコミは口に出せなかった。いつもの軽さは微塵《みじん》も感じられない真剣な物言いから、水野が本気で言っているとわかったからだ。

水野は、映一が勝木プロダクションに移籍した五年前から彼のマネジメントをしてきたと聞いている。自分より遥《はる》かに付き合いが長い彼が言うことを、否定できるはずがない。

「映一はそれでいい。望み通りなんだから。でもシノちゃんは、芸能界に興味があってうちに来てくれたわけじゃないだろ。マネージャーになりたくてなったわけじゃない。今はまだ無我夢中でわかんないかもしれないけど、一生この仕事続けてくって考えたら、どう？」

「どうって……」

雄大は口ごもった。水野の言う通り、この二ヵ月、見るもの聞くもの初めてのことばかりで目がまわりそうだった。目先の仕事をこなすのに精一杯で、将来に思いをめぐらせる暇などなかった。

「映一のわがままに付き合ってくれて、ほんとに感謝してる。できればこのまま側にいてやってほしい。でも、もしずっと映一の側にはいられないって思うんだったら早めに離れてほしいんだ。そうじゃないと映一が壊れちゃいそうだから。――ああ、僕は結局、映一の心配をしてるんだな。シノちゃんの心配をしてるなんてきれいごとだ。ごめん」

率直に頭を下げた水野に、いえ、と雄大は首を横に振った。水野は映一のマネージャーだ。映一個人だけでなく、アイドルであり、俳優でもある『鷲津映一』を優先して当然である。

そして雄大も、映一のマネージャーだ。

「水野さんの気持ちはわかります。俺も映一にはもっと活躍してほしいですから」

嘘偽《いつわ》りのない本心を口にすると、水野は嬉しそうに、しかしやはり困ったように笑った。

「強引にこの世界に引きずり込んでおいて、こんなこと言える義理はないってわかってる。でも一応考えといてほしいんだ、頼むよ。僕の話はそれだけ。映一が待ってるだろうから早く行ってやって」

最後まで真面目な口調で言い切った水野に失礼しますと頭を下げ、雄大は部屋を出た。小走りに地下の駐車場へ向かう。

俺はこの仕事を続けていけるんやろか。

華やかで豪華な表と、恐らく売名など序《じょ》の口《くち》の卑劣《ひれつ》で冷酷《れいこく》な裏。極端な清濁《せいだく》がコインの裏表のように共存する世界で、才能はもちろん、覚悟も野望もなく、何となく飛び込んだだけの自分が本当にやっていけるのか。

マンションで見た映一の、老成した表情が脳裏に浮かんだ。――映一のように才能がある役者でも、一筋縄《ひとすじなわ》ではいかないというのに。

地下へ下りると、ひんやりとした空気が体を包んだ。既に見慣れたシルバーの大型車に向けた足が一瞬、止まる。

視界に飛び込んできたのは、ボンネットに腰を下ろした映一だった。ジーンズに包まれた長い脚が、苛立《いらだ》ちを示して揺れている。

しかしうつむき加減の横顔は寂しげだ。不安そうにも見える。

ズキ、と胸が痛んだ。

ああ、やばい。俺、映一が好きや。

なかなか認められなくてごまかしてきた気持ちを、今、はっきりと自覚する。

しかし、その想いに一途《いちず》にはなりきれなかった。今し方水野と話したことがひっかかっていたせいもあるが、何より雄大自身が映一との距離を感じている。どんなに心を寄せ合おうとも、二人は違う世界の人間だと。

長《なご》う続けてくんは、たぶん、難しい。

雄大の気配に気付いたのか、映一が顔を上げる。

「何やってんだ、遅《おせ》えよ」

開口一番発せられた不機嫌な物言いに、雄大はわざと素《そ》っ気《け》なく返した。

「五分も経《た》ってへんやろ」

「経ってる。六分三十二秒」

「コワッ。秒まで計《はか》んなや」

今まで通りの受け答えを意識して、雄大は車の鍵を開けた。

「お待たせしました、はいどうぞ」

「偉そうに言うな」

文句を言いつつも、映一はどこかほっとしたような顔で後部座席に乗り込んだ。いつも通りの雄大の態度に安堵《あんど》したのかもしれない。

愛《いと》しさと同時に鋭《するど》い痛みを感じながら、雄大も運転席に乗り込んだ。

その日の映一の最初の仕事は、朝のワイドショーへの生出演だった。ドラマの宣伝が目的だ。司会のアナウンサーやコメンテーターとのやりとりは、一緒に出演した百瀬がほとんどを受け持ってくれた。バラエティ系のレギュラー番組を持っているだけあって、軽妙《けいみょう》な会話はお手のものである。しかも、ちゃんと映一に華を持たせるようにしてくれていた。

しかしスタジオで最も注目されていたのは映一だった。主演ということもあるが、彼がこうした生の番組に出るのは初めてなのだ。

司会の人もコメンテーターの人も、テレビで見たことある人ばっかりや。

スタジオの片隅で見守りながら、そんな当たり前のことを思った。そのテレビ画面の中にいる人たちが気を遣い、ときに憧《あこが》れの視線を投げかけているのは、他ならぬ映一である。

——別世界。

そんな言葉が脳裏をよぎった。

生出演を終えた後、映一は百瀬と二人でテレビ雑誌の取材に応じた。インタビューが終わって三人だけになってから、映一は百瀬に写真週刊誌のことで迷惑をかけるかもしれないと謝った。通過儀礼や、気にしなや、と百瀬は明るく笑ってくれた。

休む間もなく男性向けファッション誌の取材が入っていたので、別のスタジオへ向かった。移動中の車の中で、映一は脚本家に詫びを入れた。こちらも快《こころよ》く受け入れられたらしく、携帯で話す口調は終始穏やかだった。

スタジオへ到着するとすぐに衣装を着替えて写真撮影に入り、その後ただちにインタビューが行われた。まだ写真週刊誌が出まわっていないせいか、秋村との関係を尋ねられることはなかった。

「ありがとうございました」

映一と共に頭を下げると、記者とカメラマンも恐縮《きょうしゅく》したように、こちらこそありがとうございましたと応じた。

「お忙しいのに取材を受けていただいて感謝してます。絶対いい記事にしますから、楽しみにしててください」

三十代半《なか》ばの記者に続いて、二十代らしきカメラマンも口を開く。

「僕なんかがこんなこと言うのはおこがましいですけど、撮ってて興奮しました。鷲津さん、ほんと雰囲気があって絵になる」

雄大と同世代だろうカメラマンは、てらいのない賞賛を贈った。

確かに、めっちゃかっこよかった。

邪魔にならないように隅で見ていた雄大の目にも、映一は輝いて見えた。どんな衣装でも着こなしてしまう、バランスのとれた体つき。憂《うれ》いを含んだ独特の視線。男も女も、ゲイもストレートもバイセクシュアルも関係ない。ドキリとしない方がおかしい。

褒《ほ》められた当人である映一は、穏《おだ》やかに微笑《ほほえ》む。

「ありがとうございます。プロのカメラマンの方にそんな風に言ってもらえると自信になります」

「プロっていっても、まだ駆け出しなんです」

この人も相当カッコエエよな。

雄大は赤くなったカメラマンを見上げた。ファッション誌のカメラマンだからか、特別ハンサムではないものの、垢抜《あかぬ》けている。それに、彼は自《みずか》ら選んで写真の仕事をしているのだ。門《もん》外漢《がいかん》の雄大でも、簡単になれる職業ではないとわかる。きっと今まで並々ならぬ努力を重ねてきたはずだ。もちろん、困難も覚悟の上だろう。

けど、俺は違う。

水野が言った通り、自ら選んでついた職業ではない。信念があるわけでもない。

「次は何だっけ」

後部座席から声をかけられ、雄大はルームミラー越しに映一をちらと見遣った。

少し眠そうだが、それほど疲れているようには見えない。

「新曲の収録や」

「ああ、そうだった。航太《こうた》と皐月《さつき》も一緒か？」

「いや、藤内《ふじうち》君と伊原《いはら》君はもう録《と》り終わってるから、おまえだけ」

「マジかよ。金子《かねこ》さん厳しいんだよなあ。オッケー出るまで時間かかるかも」

誰もが知る大物プロデューサーの名前を当たり前のように口にする映一に、雄大は何も答えられなかった。

今日まで何とも思わへんかったんは、仕事に慣れるのに必死やったからやろか。

いや、二ヵ月の間にも夢の中にいるようだと思ったことは何度もあったし、居心地の悪さを感じたこともあった。一年か二年程度なら、そうした違和感に目をつぶっていられるだろう。けれど一生とはいかなくても、十年、二十年となったらどうか。

雄大の沈黙を特に不審には思わなかったらしく、あ、と映一は声をあげる。

「スタジオ行く途中、交差点の手前にパン屋があるだろ。あそこのサンドイッチが食いたいから買ってこい。三種類全部な」

「……三種類もあったか？」

「あるんだよ。前にも一回買ったことあるだろ。それぐらい覚えとけ」

尊大に言い放った映一に再び視線を送ると、鏡越しに目が合った。

信号が赤であるのをいいことに、じっと見つめたからだろう、整った眉が寄る。

「何だよ」

「おまえ、俺のどこがええねん」

純粋に知りたかったので単刀直入に問うと、映一は大きく瞬《まばた》きをした。次の瞬間、ふいと視線をそらしてしまう。

「おまえにいいとこなんかあったのか」

「おまえな……」

「あったとしても、何で俺がそんなこと言わなくちゃいけないんだよ」

映一は煩《わずら》わしげに言い捨てる。

――照れ隠しにしても、ちょっと素っ気なさすぎへんか？

冗談や戯《たわむ》れで尋ねたのではないとわかっただろうに。

もしかすると、本当にいいところがなくて答えられないのかもしれない。そもそも、好きという言葉すら聞いていないのだ。

何かヘコんだ……。

もともと重かった気分が更に沈んだのを感じながら、車を発進させる。

すると、映一がため息をつく音が聞こえてきた。

「ちょっと寝るから話しかけんなよ」

わかったと簡潔に返事をしたが、心の中では様々な考えが入り乱れていた。

好きやけど、好きだけでは映一の側にはおれんのや。

映一が言った通り、レコーディングは長引いた。プロデューサーの金子がなかなか納得しなかったのだ。とはいえ夜の十時には一旦終了し、続きは明日に持ちこされた。水野が長引くことを予測して、翌日もスケジュールを空《あ》けておいてくれたおかげである。

映一をマンションまで送り届けた後、雄大は久しぶりに自宅に戻った。映一は泊まってほしそうな顔をしたが、口に出しては言わなかった。雄大が疲れた顔をしていたからかもしれない。もっとも、明日の朝飯は作りに来いと命じられたのだが。

風呂から上がってテレビをつけると、深夜のバラエティ番組が映った。床に腰を下ろし、見るとはなしに画面を見遣《みや》る。

映一は、この画面の中の人間や。

俺は、こうやってただテレビを見てるだけの視聴者にすぎん。

我知らずため息が漏れたそのとき、ローテーブルの上の携帯電話が鳴った。映一からかかってきたのではないかと素早く手にとった携帯が、プライベート用のそれだと気付いて苦笑する。

画面に出ていたのは兄、公大《こうだい》の名前だった。

珍しい。何の用や。

たまにメールのやりとりはしているものの、電話はかかってきたことがない。話をするのは二年前、会社勤めをしていた頃に正月に帰省して以来だ。

通話ボタンを押し、はいと返事をすると、おう、雄大、と呼ぶ兄の声が聞こえてきた。

『俺や俺。久しぶり』

「急に電話してきてどないしたんや」

『報告したいことがあってな。元気か？』

少しも変わらない兄の声に、体中の力が抜けてゆくような気がした。大きなため息をつきそうになるのを堪《こら》え、ゆっくりと応じる。

「おかげさんで元気や。兄貴は？」

『俺も元気や。オカンもオトンも連絡ないて心配しとったで。近いうちに電話しとけよ』

「ん、わかった」

『ほんまにわかったんかいな。ちゅうかおまえ、仕事はどないなってん。見つかったんか？』

そういえば、兄には失業したとメールで伝えておいたのだ。

「ああ、見つかった。ちゃんと働いてる」

嘘ではない。ただし、近い将来どうなるかはわからないけれど。

『そおか！　よかったやないか』

「うん。心配かけてごめん」

『おまえがそんなこと言うて気色悪いな』

わははは、と兄は豪快に笑う。雄大もつられて笑った。雄大と弟の翔大《しょうだい》は二つしか離れていないが、兄とは四つ離れている。そのせいか、幼い頃から長兄《ちょうけい》の彼だけは、次男三男の自分たちより大人だと感じてきた。

今もそんな感じや。

声を聞いているだけで安心する。

『今日電話したんはな、結婚することになったからや』

「えっ、マジで？」

『マジです。来年の三月に式挙《あ》げる予定やから、おまえにも出てほしい思《おも》て』

照れくさそうな物言いが、兄が心の底から喜んでいることを伝えてくる。

「おめでとう。もちろん式には出さしてもらう。相手どんな人や」

『会社の先輩や。ちゅうか上司やねんけど』

「上司か！　やるな、兄貴」

『毎日早起きして、弁当作った甲斐《かい》があったっちゅうもんよ』

「手作り弁当で落としたんか」

せやねん、と自慢げに頷いた兄は、間を置かずに話し出した。

『本社から出向《しゅっこう》で来はった人でな、もともと仕事できはるしキレイやしカッコエエなーて憧《あこが》れててんけど、飲み会でしゃべったら同じ高校やてわかって盛り上がってん。そっからはもう押せ押せや。俺の手作り弁当、美味《おい》しいわー言うて食べてくれるときの顔がまたカワイイて。ほんまオカンに感謝やで』

「兄貴、ノロケすぎや。胸焼けしてきた」

『あ、そう？　やー、すまんすまん！』

謝った兄の声はやはり弾《はず》んでいる。

上司とはいえ、兄と彼女は同じ会社で働く同僚だ。それに高校も同じだという。育った場所も近いのだろう。

「なあ、兄貴。相手の人がもし、外国で育ったモデルやったらどないする？」

真面目に尋ねたつもりだったが、兄は一瞬、沈黙した。

『何じゃそら……。サワダさんは大阪出身の会社員やぞ。大学は東京やけど』

「せやからたとえ話やって」

『そのたとえがようわからんのやんけ。モデルと知り合う機会なんかないやろ』

「そうやけど、とにかく想像してみてくれ」

ええー？　と不審げな声をあげたものの、考えることにしてくれたようだ。せやなあ、とつぶやく声が聞こえてくる。

『俺やったら、最初からそういう別世界の人は好きにはならんと思う』

兄が何気なく口にした、別世界、という言葉に体が強張《こわば》った。

『好きになったとしてもコクらんわ。付き合《お》うても、いろいろかみ合《あ》わんことが出てきそうやし。長いこと一緒におるつもりやったら、外国育ちのモデルさんは無理があると思う。まあ、そういう彼女を受け止められん俺の器《うつわ》が小さいだけとも言えるけどな』

最後は自嘲《じちょう》した兄に、そか、と雄大は短く相づちを打った。

ふいに映一の声が聞こえて、ハッと顔を上げる。つけっぱなしだったテレビに、鋭い美貌《びぼう》が映し出されていた。画面の中からまっすぐにこちらを射抜く視線は色めいているだけでなく、苛烈《かれつ》でもある。

『何や、モデルのコと知り合《お》うたんか？』

「……いや、モデルではないんやけど」

映一を見つめながら答える。知り合《お》うたんは、今テレビに映《うつ》ってるこのオトコマエやと告げたら、兄は何と言うだろうか。

ぼんやりしていると、雄大、と呼ばれた。

『おまえは俺と違て昔から度胸があったし、勢いみたいなもんもあったからな。ほれ、ガキの頃祖《ば》母《あ》ちゃんちの近くの海へ皆で泳ぎに行ったやろ。高いから飛び込むん怖いとか、誰が先に飛び込むかとか、皆でごちゃごちゃ言うてる間に、おまえだけ何も言わんと一人で飛び込んだりとかな』

そういえばそんなこともあったと思い出す。兄と弟と従兄弟《いとこ》たちが揉《も》めているのを見ていて面倒になり、さっさと飛び込んだのだ。

よく考えてみれば、いくら正社員の仕事を探していたとはいえ、縁もゆかりも経験もない芸能プロダクションに就職するなんて、我ながら無謀《むぼう》だと思う。

海は潜《もぐ》っても、すぐに上がれる。プロダクションも、やめようと思えばやめられる。

けど映一は、途中で放り出すわけにはいかん。

正直、自分一人が映一の側を離れたところで、水野が言うほど影響があるとは思えなかった。映一がそこまで自分に執着しているなんて考えられない。

しかし万が一でも、彼の才能が潰《つぶ》れるのは嫌だ。

テレビの画面からは、既に映一の姿は消えていた。かわりに芸人が映っていたが、まだ映一の強い視線がそこにあるような気がする。

『俺の意見は参考にはならんやろ。おまえは好きに生きたらええと思うぞ』

兄の励ます物言いに、ん、と雄大は静かに頷いた。

「そうするわ。ていうか兄貴、彼女のことサワダさん呼びはあかんやろ」

『えっ、俺、サワダさんて呼んでたか？』

「呼んでたわ。式までには名前で呼べるようにしといた方がええで」

『う。おう。けど何や恥ずかしわ』

しきりと照れながら電話を切った兄に苦笑し、切ボタンを押す。同時に、ため息が漏れた。

早めに離れてほしいんだ。

水野の言葉が、耳の奥で響いた。


焼き鮭《ざけ》、ナスのお浸《ひた》し、豆腐《とうふ》と油揚《あぶらあ》げの味噌汁《みそしる》、ご飯。そして茹《ゆ》で卵。

映一《えいいち》は雄大《ゆうだい》が用意した遅い昼食プラス、自分が茹でた卵を順調に平らげてゆく。

時刻は午後一時半。明け方まで取材や収録に追われていたため、今日は夕方から仕事だ。

雄大が仕入れた食材を手に映一のマンションを訪《おとず》れたときには、既に茹で卵はできあがっていた。ニワトリ型の茹で卵機が活躍してくれたようだ。相変わらず素直ではない映一はまた、俺が食いたかったからと言ったが、彼なりの気遣いであることはすぐにわかった。

こういうとこはめちゃめちゃ普通や。

どこにでもいそうな、意地っ張りの青年の言動そのものが、かわいくて愛《いと》しい。

「俺、ナスって嫌いなんだよな」

まさにそのナスを口に運びながら言われて、雄大は眉を寄せた。

「何で嫌いやねん」

「中はふにゃっとしてるくせに皮はつるっとしてて、食うときぃきぃ音がするだろ」

「きぃきぃ？　何じゃそら」

「これはましだけど、きぃきぃっていうだろ、漬物《つけもの》とか」

真顔で言った映一に、ぶふっと雄大は噴き出してしまった。口の中が空《から》で幸いだった。

「何笑ってんだ。噛《か》んだら音がすんだろうが」

映一はムッとして眉を寄せる。その子供っぽい表情を見て、また笑ってしまう。

「確かにするけど、おまえ、それが嫌なんか」

「嫌っていうか、何か気持ち悪《わり》ぃんだよ。だからナスの漬物は出すな」

「音は嫌かもしれんけど、味は旨《うま》いやろ」

「うるせぇな。俺が出すなって言ってんだから出すな」

「はいはい、わかりました」

「……笑うな」

「俺はもともとこういう顔ですー」

赤く染まった映一の耳の縁《ふち》を見ながら言い返す。

くそ。ほんまにめっちゃカワイイ。

水野《みずの》と話してから三日が経《た》った。相変わらず目がまわるほど忙しい中で、これから先も映一の側《そば》にいられるか、ずっと考え続けた。が、いまだに答えは出ない。

そら出んわな。俺は映一が好きなんやから。

好きな人と離れたいなんて、誰が思うだろう。

一方で、無理や、と叫ぶ自分も確かにいるのだ。いつかきっと疲れてしまう。そして離れたくなる。そのときにはもう遅い。

「やっぱり茹で卵は七味《しちみ》と醤油《しょうゆ》やな」

「だからそれは邪道《じゃどう》だって言ってんだろ」

空になった皿を前に言い合いをしていると、スラックスに入れておいた仕事用の携帯電話が鳴った。何か言いかけていた映一が、仕方なさそうに口を噤《つぐ》む。

小さく笑った雄大は即座に携帯を取り出し、通話ボタンを押した。

「お疲れさまです、篠倉《しのくら》です」

『おっはよーシノちゃん！　映一いる？』

いつもにも増してテンションが高い水野に面食《めんく》らいつつ、はいと頷く。

「いますけど。かわりましょうか？」

『あ、ちょっと待って！　先にシノちゃんに話すよ！　ビッグニュースだよビッグニュース！ハリウッドから映一にオファーがきた！　しかもメインキャスト！』

え、と思わず雄大は声をあげた。

水野は早口で続ける。

『一応面接みたいなもんはあるけど、決まったも同然だよ！　実際に撮影が始まるのは来年の秋だから、まだ一年以上先なんだけどね！　じゃ、映一に話したいからかわって！』

「……はい」

ぽかんとしつつ頷いた雄大は、映一に携帯電話を差し出した。

不審げな顔をしながらも、映一は携帯を受け取る。

「かわりました、映一です」

落ち着いた声で応じた彼に、水野がまくしたてるのがわかった。内容までは聞こえないが、興奮を抑《おさ》えきれていない声が携帯電話から漏《も》れ出ている。映一に相づちを打つ暇も与えず、しゃべり続けているようだ。

ハリウッドて、アメリカのハリウッドやんな……。

映画館やテレビで観《み》た、様々な映画が脳裏《のうり》に甦《よみがえ》る。アクション、恋愛、ＳＦ、社会派、コメディ。自分とは一生縁のない場所で造られた、壮大なスケールの夢物語たち。

意識しないうちに笑いが漏れていた。あまりの現実味のなさに、笑うしかなかった。

あかん。俺には無理や。

「はい、ええ、ありがとうございます」

相づちを打つ映一の声は冷静だった。気分は高揚《こうよう》しているようだが、水野のようにはしゃいではいない。

「わかりました。よろしくお願いします」

最後まで静かな口調で言って通話を切り、映一は携帯電話をテーブルに置いた。かと思うと大きく息を吐き、両手で顔を覆《おお》う。

「凄《すご》く嬉しいけど、凄いプレッシャー」

つぶやかれた言葉から、映一が海の向こうの世界を現実のものとして受け入れていることがわかった。

――やっぱり、おまえは別世界の人間なんや。

喉《のど》を突き破るような激しい焦燥《しょうそう》が一気に湧《わ》きあがったかと思うと、瞬《また》く間に萎《しぼ》んだ。入れ替わりに染み出してきたあきらめと寂しさ、そして虚《むな》しさが、ひたひたと全身を侵《おか》す。

「映一」

体温を根こそぎ奪われていくような錯覚に陥《おちい》りながらも、雄大は呼んだ。まだ己を失ってはならない。

ここで映一を励《はげ》ますんが、現場マネージャーとしての俺の最後の仕事や。

「おまえやったら大丈夫や」

「簡単に言うな。要求されるレベルが日本とは全然違う。英語もネイティブ並みにしゃべれなきゃだめだし」

「まだだいぶ時間あるんやろ。水野さんがちゃんと語学の先生探してきてくれはるはずや。これから勉強したらええやないか」

珍しく黙ってしまった彼を、映一、ともう一度呼ぶ。今まで何度も名前を呼んできたけれど、一番優しい声になった。

「おまえを映画で観るん楽しみにしてるから」

「何他人事《ひとごと》みたいな言い方してんだ。おまえも行くことになるかもしれないんだから、英語勉強しろ」

「俺は行かへん。せやから勉強はせん」

はっきり言うと、映一の肩が揺れた。顔を覆っていた手をはずし、視線を上げる。

わずかに青ざめた端整な面立《おもだ》ちが、きつい視線を向けてきた。

「どういう意味だ」

「俺、現場マネージャーやめるから」

「何で」

「体力的にも精神的にもきつい。そろそろ限界や」

用意していたわけではないのに、言葉はスルスルと出てきた。自分とは異なる見知らぬ誰かが、勝手にしゃべっている気がする。

淡々とした物言いをどう思ったのか、映一はきつく眉を寄せた。

「今までそんなこと一言も言わなかったじゃねぇか」

「俺はマネージャーやぞ。マネージャーがタレントに、思《おも》てること何でもかんでも言うわけないやろが」

「俺と離れてもいいのか」

斬りつけるように問われて、雄大は言葉につまってしまった。本当に胸の辺りを斬られたように鋭い痛みが走る。いいわけがない。離れたくない。側にいたい。

けど、無理なんや。

深く息を吸い込み、ゆっくり言葉を紡《つむ》ぐ。

「マネージャー続けられんのやから、離れんとしゃあないやろ」

「他のタレントにつくつもりか?」

こちらをにらみつけたまま低い声で発せられた問いに、そういう可能性もあるのか、と雄大は初めて気付いた。映一のマネージャーをやめた後、他の誰かのマネージャーになるなんて想像すらしていなかった。

「いや。事務所もやめる。大阪の実家帰って仕事探すつもりや」

東京からいなくなる。つまり、プライベートでも映一と会うつもりはない。

雄大が示した事実は、映一に正確に伝わったようだ。こく、と突き出た喉が動く。

「……何でだよ」

「俺は、おまえとは違うんや」

「何だよそれ」

「俺にはおまえみたいな才能はない。水野さんみたいにこの世界でやってく才能もないし、度《ど》胸《きょう》もない。一緒におっても、いつかついてけんようになると思う。もともと生きる世界が違うんや。せやから、ごめん」

口先だけの言い訳をしても、きっと映一は見抜いてしまう。正直に本心を告げる以外思いつかず、雄大は頭を下げた。

「本気で言ってんのか」

うなるような問いかけに、うつむいたまま頷く。

しん、と沈黙が落ちた。

「……おまえは、違うと思ってたのに」

耳をこらしていなければ聞こえないぐらいの微《かす》かな声でつぶやいた次の瞬間、映一はテーブルの上の食器をなぎ払った。皿やグラスが割れる耳障《みみざわ》りな音が、キッチンに響き渡る。

雄大は椅子に腰かけたまま、微動だにしなかった。できなかったのだ。

殴られるかもしれん。

むしろ殴ってほしい。

そんな勝手なことを思いながらじっとしていると、映一の鋭い声が降ってきた。

「片付けろ。片付けたらすぐに出ていけ。二度とツラ見せんな」

割れた食器を片付けた後、やめますと水野に電話を入れたことはかろうじて記憶にあるものの、どうやってマンションを出たのかは覚えていない。気が付いたときには『まんぷく屋』の前にいて、開店の準備にやってきた店長に中へ入れてもらった。忙しい時間にすんませんと頭を下げると、気にすんな、と店長は笑ってくれた。

「ああ、わかった。俺がちゃんと見とくから」

携帯電話で話している店長の声を遠くに聞きながら、雄大はただぼんやりと常連客専用の奥まった座敷に座っていた。客が入る前のガランとした店内は、店長が冷房を入れてくれたおかげで少しずつ涼しくなってきている。が、ひんやりとして心地好《ここちよ》いはずの空気は、体の表面に薄い膜《まく》が張っているかのように、明らかには感じられなかった。

何じゃこりゃ。映一とおったときより現実味がない。

映一から離れさえすれば、現実感が戻ってくるはずだったのに。

「さっきから何抱いてんだ、シノ」

店長に優しく声をかけられ、雄大は自分の腕の中を見下ろした。そこにあったのは、ニワトリ型の卵茹で機だった。映一のマンションから持ち帰ってきてしまったようだ。

「……これ、茹で卵作る器械なんです」

「へえ、そうなのか。かわいいな」

「かわいいですよね」

茹で卵が食いたい気分だったから。

ぶっきらぼうな映一の物言いが耳に甦る。

あいつが俺のためにしてくれたてはっきりわかるもんて、茹で卵だけやった。

もちろん、映一なりに思いやってくれていたことは他にもあったはずだ。しかし鋭い容貌《ようぼう》に似合わない愛らしい卵茹で機は、彼が決して表に出さなかった優しい気持ちを表しているようで、インパクトがあった。だからこそ持ってきてしまったのだろう。

これ、返さんとあかんやろか。できたら返したないんやけど。

ふいに、カラリと引き戸が開く音がした。店長が振り向く。

「急に呼び出してすみません」

「いいのいいの、気にしないで。土日はどうせ暇なんだから」

歩み寄ってくる気配に顔を上げると、フミさんが立っていた。いつものスーツではなく、ピンク色の小花柄のシャツに綿のパンツという軽装だ。

そういうたら前に会《お》うてから、もう三週間ぐらい経ってる。

「フミさん、お久しぶりです。開店前にどうしはったんですか」

「飲みに来たに決まってんでしょ。店長がサービスしてくれるっていうから来たの」

「そうなんですか。今日はまたえらいかわいい服着てますね」

「服だけ褒《ほ》めんじゃないわよ。嫌なコね」

つんと唇を尖《とが》らせたものの、フミさんはおもむろに靴を脱ぎ、隣に腰を下ろした。

「あら、なぁにそれ。かわいいじゃない」

抱いたままの卵茹で機を指さされ、雄大は思わず微笑《ほほえ》んだ。

「卵茹で機です」

「へえ、そんなかわいい形のもあんのね。今度電器屋で探してみようかしら」

フミさんもニッコリと笑う。

店長がビール一本とグラスを二つ持ってきた。トン、と静かにそれらをテーブルに置く。ありがとうございますと礼を言うと、それきり音らしい音がなくなってしまった。酔客《すいきゃく》のかしましい話し声も、注文を受ける威勢の良い声もない店内は静かだ。

ビールの栓《せん》を開けたフミさんは、ゆっくりグラスに注《つ》いだ。

「仕事、やめたんだって?」

「ああ、はい、さっき」

「やっぱり大変だった?」

柔らかな問いと共にグラスを差し出され、軽く頭を下げる。

「大変でしたね。全然休めないし、映一のわがままに振りまわされるし」

ビールを一息にあおると、冷たいアルコールが渇《かわ》いた喉を潤《うるお》した。その感覚すら、どこかぼんやりとしている。

空《から》になったグラスに、フミさんがまたビールを注いでくれた。

「華やかで、才能のカタマリみたいな人だらけで。俺は場違いでした」

「でも、けっこううまくやってるみたいだったじゃない」

「それはちょっとの間だけやったから。長いこと続けるんは、やっぱり無理かなて」

「そうなの？　続けてみなくちゃわかんない気もするけど。アタシもねー、中身こんなじゃない？　学生のときから会社勤めなんて絶対無理だって思ってて、でも水商売やる勇気もなくってさ。中途半端な気持ちで入社して、気が付いたら勤続十六年よ」

「……フミさん、会社員なんですか」

「こう見えて課長なのよアタシ。ま、結果論だけど、今の仕事が向いてたんだと思うわ」

手酌《てじゃく》で注いだビールを飲み、フミさんは感慨深げに頷く。

同じくビールをあおり、雄大は苦笑した。

「俺は向いてません。どこをとっても平凡やし、器《うつわ》も小さいし度胸もない。芸能界みたいな特別な世界にはおれん」

本音を言っただけだったのに、フミさんは噴き出した。アハハハハと大口をあけて笑い、雄大の肩をバシバシと叩く。

「真面目な顔で何言ってんの。アタシみたいなごついオカマを気持ち悪がらないで、普通に話してる時点で度胸あるわよう」

バシバシバシ、とまた叩いてから、フミさんは声を落とした。

「しかもシノ、アタシが店長に惚《ほ》れてるってわかっても全然引かなかったじゃない。店長結婚されてますよって真面目な顔で忠告しちゃってさ。ツッこむとこそこじゃないでしょって話よ。ま、ある意味凄い常識人よね」

ふふ、とフミさんが楽しげに笑ったそのとき、当の店長が厨房《ちゅうぼう》から出てきた。

「仕込みの途中だからこんなのしかないけど」

テーブルの上に、色とりどりの漬物が並んだ皿が置かれた。フミさんは両手を胸の前で組み、美味《おい》しそうー、と上半身をくねらせる。

確かにフミさんを気持ち悪いとは思わなかったし、下世話な好奇心が湧《わ》くこともなかった。明るくて楽しい人だと思っただけだ。

「まあ、やめちゃったもんはしょうがないわよ。いい経験したと思って気持ち切り替えて、新しい仕事を探せばいいわ」

そうしようと思っていた通りのことを言われて、はいと雄大は頷いた。

しかし、自分に新しい未来がやってくるとは思えなかった。映一とすごした時間を過去にして大阪へ戻り、芸能界とは縁もゆかりもない仕事をしている自分を想像することはできる。しかし、本当にそうなっていくのだという実感がまるでない。

今から引っ越しして職探しせなあかんのに、こんなんではあかんやろ。

「ああん、絶妙の塩加減。シノも飲んでばっかいないで食べなさい、旨いわよ」

フミさんに勧《すす》められ、雄大はグラスを下ろして箸《はし》を手にした。皿に並んでいたのは、しば漬《づ》け、沢庵《たくあん》、野沢菜《のざわな》。そして紫《むらさき》が鮮《あざ》やかなナスの浅漬けだった。

無意識のうちにナスの浅漬けに箸が伸びた。口の中に入れて咀嚼《そしゃく》すると、きゅ、と小さな音がする。

映一、この音が嫌なんや。

きぃきぃとか言うとった。アホや。

微《かす》かに笑った途端に目の奥が熱くなった。あっという間に視界が潤《うる》み、ぼろぼろ、と涙がこぼれ落ちる。堪《こら》えきれずに嗚咽《おえつ》を漏らすと、フミさんが優しく背中を摩《さす》ってくれた。

「泣くほど辛《つら》いんだったら、自分からあきらめたりしなきゃいいのに」

「けど……、中途半端にして……、あいつが、だめになるんは……」

「バカね、そうじゃないでしょ」

しゃくり上げながら答えると、フミさんに叱るように背中を叩かれた。

——そうじゃない。離れたのは映一のためではない。自分のためだ。

あまりにも違う世界に対応していける自信がなかった。もしかしたら、別世界で育ってきた映一の気持ちも、そんな映一を好きになった自分自身も恐ろしかったのかもしれない。ましてや映一は男だ。雄大の今までの人生に、同性を好きになるという選択肢はなかった。

今ならまだ逃げられる。何もなかったことにして、馴染み深い見知った世界に戻れる。

そんな風に保身ばかり考えて、映一を思いやらなかった。そう、映一が好きだと言いながら、別れを告げたあのとき、自分が去れば彼が傷つくかもしれないとは欠片《かけら》も想像しなかったのだ。

そうして逃げたくせに、映一のことをほんの少し考えただけで、子供のように泣いてしまっている。

わがままなんは映一やない。俺や。

おまえは、違うと思ってたのに。

映一のつぶやきが耳に甦った。誰と比べたのかはわからないが、彼が以前、その誰かに傷つけられたのは明白だった。そして今また、雄大が傷つけたのだ。

ごめん、映一。わがままでごめん。

一向に止まらない涙を必死で拭《ぬぐ》っていると、シノ、と優しく呼ばれた。

「気付いてないの？」

「……何を、ですか」

「さっきからずっとニワトリちゃん抱いてるでしょ。ビール飲んでるときもお漬物食べてるときも離さないでさ。ていうかアタシがここへ来たときから、ずっと抱いてるじゃない」

言われて初めて、雄大は卵茹で機をずっと抱えていたことに気付いた。きょとんと見上げてくるニワトリの顔は、涙で滲《にじ》んでよく見えない。

しかし、胸の奥はじわりと熱くなった。

「それがアンタの正直な気持ちよう！」

力強く言って、フミさんは再び雄大の背中を撫《な》で始めた。

「さっきも言ったけど、アンタ意外と常識人よね。だからいろいろ考えちゃうんでしょ。でも考えすぎはよくないわ。その気持ちに正直になればいいのよ」

「すんません……」

「アタシに謝ってどうすんの。さ、今すぐ電話しなさい。ちゃんと気持ちを伝えるのよ！」

励ますように言ったフミさんも、なぜか泣き出す。

雄大は涙を手の甲で拭い、携帯電話を取り出した。震える指先で映一の番号を呼び出す。

もう遅いだろうか。遅いかもしれない。

けれど一言、せめて謝らなくては。

雄大、と呼ぶ声がして、雄大は眉を寄せた。

――映一の声や。

あ、そうか。これ夢か。

だから映一が呼んでくれているのだろう。

雄大、とまた呼ばれる。随分《ずいぶん》と苛立《いらだ》った声だ。夢なのだから、もう少し優しく呼んでくれてもいいのではないだろうか。

「起きろ」

肩を揺さぶられ、雄大は渋々目を開けた。瞼《まぶた》がひどく重くて、なかなか持ち上がらない。ようやく開けた視界に映ったのは、鋭い美貌《びぼう》だった。そこには、これ以上ないぐらい不機嫌な表情が映っている。

「うわ、ブッサイクだなおまえ。しかも汚ねぇし酒くせぇし。最悪だ」

「夢でも口減らんなあ、映一……」

「何寝ぼけたこと言ってんだ。オラ、立て。帰るぞ」

腕をつかまれ、強引に持ち上げられる。

夢やのにめっちゃ痛い……。

夢か現《うつつ》かよくわからなかったが、雄大は自分が手ぶらであることに気付いた。

「ニワトリ」

「ああ？」

「ニワトリ、俺のニワトリ」

「ニワトリってこれか？」

ぼんやりとした視界に卵茹で機が映る。咄嗟《とっさ》に手を伸ばすと、それはすぐ雄大に渡された。

「たく、手間かけさせんじゃねぇよ。——ご迷惑かけてすみませんでした。あ、こちらの方は雄大に付き合ってくださったんですよね。後でお礼しないと。——何ぼうっとしてんだ、おまえも謝れ。とっくに看板なんだぞ」

「ゴメンナサイ」

「……よし。じゃあ靴履《は》け」

「嫌や。寝る」

「だから起きろって言ってんだろ！　あーもう、しょうがねぇなあ」

手の中にあったニワトリが取り上げられた。かと思うとぐらぐらと揺れる体を抱えられ、温かいものに凭《もた》れさせられる。

「ニワトリ」

「わかったわかった、ニワトリは俺が持ったから。——ほんとすみません」

次の瞬間、体が宙に浮いた。

映一がおんぶしてくれてる。夢ん中やと優しいなあ。

まんぷく屋

現実の映一は電話に出てくれなかった。仕事の最中だったのか、無視されたのかはわからなかったが、留守番電話にメッセージを吹き込んだ。おまえの気持ちも考えんと、勝手なこと言うてごめん。そこまで言って嗚咽を堪えきれなくなったため、通話を切った。その後、映一からの返信はなかった。もしかすると、既に手遅れだったのかもしれない。

せめてこの夢が、ずっと続いたらええのに。

幸せな気分で目を閉じていると、ほどなくしてクッションがきいた場所に座らされた。もうおんぶはしてくれないのかと寂しくなる。

「もっとつめろ、俺が座れねぇだろ。ほら、ベルト締めろ、もたもたすんじゃねぇよ」

「ニワトリは」

「だからちゃんと持ったって。その袋に入ってるだろ。――水野さん、出してください」

オッケー、と応じる声が聞こえたかと思うと、エンジンの音がした。座っている場所が微かに震え、体に重力がかかる。

あれ。俺今、車に乗ってるよな。

夢にしては、エンジンの音も肩を抱いてくれている腕の温《ぬく》もりもリアルすぎる。

雄大は恐る恐る目を開けた。

真っ先に視界に飛び込んできたのは、運転席と助手席の背もたれだった。運転しているのは水野だ。どうやら自分は後部座席にいるらしい。

顔は動かさず、視線だけを隣に移すと、ジーンズに包まれた長い脚とTシャツに覆われた広い胸が見えた。鼻先を掠《かす》めたのは、映一が使っているフレグランスの香りだ。

映一と並んで車に乗っている。

——もしかせんでも、現実か。

自覚した途端に、頭の芯《しん》がギリギリと痛み出した。胃と胸がムカムカする。

「気持ち悪い……」

「ああ?」

「吐きそう……」

「バカ、吐くな! 我慢しろ!」

「吐く……」

「だから吐くなって!」

ベッドに横たわった雄大は、放心状態で天井を見上げた。

久々にやってもうた……。

吐いて気分はすっきりしたが、体に力が入らない。酔っ払った挙句《あげく》に吐くなんて、大学生のとき以来だ。

映一のマンションまではどうにか我慢したものの、雄大は部屋に入るなりトイレに駆け込んだ。そして吐いた。吐いている間中、映一は背中を摩ってくれた。

飲みすぎだ、反省しろ。

口調はぶっきらぼうだったが、背中を撫でる掌《てのひら》は優しかった。

映一、何で迎えに来てくれたんやろ……。

怒らせるだけでなく傷つけた。二度とツラを見せるなと言われたのだ。留守番電話で謝ったぐらいで許されるとは思えない。

ぼんやり考えていた雄大は、ふと薄い膜を張ったような現実感のなさが消えていることに気付いた。高級マンションの広い寝室に置かれたキングサイズのベッド、という雄大の生きてきた世界とは無縁の場所で横になっているというのに、今、自分は確かにここにいると感じる。

帰ってきたって感じや。

ガチャ、とドアが開く音がして、雄大は視線を動かした。寝室に入ってきたのは映一だった。歩み寄ってくる彼の顔に、笑みは欠片もない。

コワッ。

ベッドの側に立った映一は、なんとか上体を起こそうとした雄大の肩を、思いの外柔らかく押し戻した。が、にらみつけてくる視線は無闇に鋭い。

「俺、人のゲロの始末したの初めて」

「すんません……」

言い訳のしようがなくて、素直に謝る。

ああ、俺、もっと映一に謝らなあかんことがあったんや。

「あの、映一、ごめん。悪かった」

吐いたことではなく、勝手にやめると決めたことに対して謝っているとわかったはずだが、映一の眉間《みけん》の皺《しわ》は消えない。

「謝ったら許されると思うなよ」

言うなり、映一は雄大のシャツのボタンをはずし始めた。もともと上の二つははずれていたので、あっという間に前を開かれる。

着替えさしてくれるんか。優しいな。

まだ酔いが残っていたのだろう、そんなことを考えていると、映一がベッドに乗り上げてきた。見上げた先で、彼は着ていたTシャツを脱ぎ捨てる。たちまちひきしまった上半身が露《あらわ》になった。

おお、ごっつええ体や。けど何で脱ぐ。

不思議に思っていると、大きな掌がおもむろに胸に触れてきた。

「っ、何や」

「触ってる」

「何で触っ」

てんねん、と続けようとした言葉は、指先で胸の尖《とが》りを押し潰《つぶ》されたことで遮《さえぎ》られた。

「セックスするからに決まってんだろ」

直接的な言葉に絶句していると、映一は尚も雄大の体を撫でまわしながら続ける。

「逃げようとしたおまえに拒否権はない。心配すんな、俺は優しいから、おまえがドロドロになるまで感じまくって、あんあん声出してよがるまでかわいがってやる」

端整な面立ちが口にした卑猥《ひわい》な擬音《ぎおん》に、雄大はやっと映一が本気でセックスをしようとしているのだと気付いた。慌てて体を起こそうとしたものの、馬乗りになった映一に、いとも簡単に押さえつけられてしまう。

「ちょ、待て、映一、落ち着け」

「おまえに拒否権はないって言っただろ」

不機嫌に言い捨てて、映一は雄大の肩にガブリと嚙みついた。

「いって！」

「番宣《ばんせん》のVで五回NG出したのも、振りを間違えたのも、全部おまえのせいだ。へろへろの声でゴメンて謝っただけで、どこにいるとかこれからどうするとか、肝心《かんじん》なことが何も入ってねえ留守電聞いて、俺がどんな気持ちになったかわかってんのか？　仕事で疲れてんのに迎えに行ったら、酔っ払って寝てるわ、顔腫《は》れてるわヨダレと鼻水たれてるわ、俺そっちのけでニワトリニワトリうるせぇわ。何で俺はおまえなんかがいいんだろうな。ガンガン口ごたえしてくるし、勝手にやめるとか言うし。ほんと最悪だよ、ありえねぇ」

言いながら、映一は雄大のベルトをはずし、スラックスのジッパーを下げ、下着ごとつかんで一気に引きずり下ろし、そのままの勢いで両脚から抜き去り、床に放った。

もちろん、雄大もおとなしくしていたわけではない。映一の言葉に、そんなことがあったんかと驚きながらも、ちょお待て、コラ、脱がすな！　と逐一《ちくいち》抗議して止めようとした。が、相手にされなかった。泥酔《でいすい》した上に吐いて体力を消耗《しょうもう》した雄大と、素面《しらふ》の映一とでは、映一に軍配《ぐんぱい》が上がって当然だ。

映一は腕にシャツが引っかかっているだけで、後は全て取り払われた雄大の体を見下ろしてきた。過去に体の関係を持った異性にも、こんなにまじまじと裸を眺めまわされたことはない。

うう、恥ずかしい……！

しかし男が裸を恥ずかしがるのもどうかと思ってじっとしていると、ふうん、と映一は尊大に頷いた。

「まあまあだな」

「まあまあって何や」

「まあまあだろ。特別ひきしまってないかわりにメタボってもない。こっちは俺より小さいけど、まあ普通はこんなもんだろうし」

「小さいとかこんなもんとか言うな！」

耳まで真っ赤になりながら慌てて前を隠そうとした雄大より先に、映一がそれを握りこんだ。

間を置かず、やや乱暴な仕種《しぐさ》で手を動かし始める。

「あ、ちょっ、映一っ……」

咄嗟に映一の手首をつかんだものの、雄大はされるままになった。

やばい。めちゃめちゃ気持ちいい。

嫌悪感は全くなかった。長い指と大きな掌を駆使《くし》して施《ほどこ》される愛撫《あいぶ》は、自慰《じい》とは比べものにならない強い快感を与えてくれる。

「もう濡れてきた。早《はえ》ぇな」

「おま、おまえが、触る、から、あ！」

先端を弄《いじ》られ、高い声が漏れた。粘着質《ねんちゃくしつ》な水音と、そこに注《そそ》がれている映一の熱い視線に否《いや》が応《おう》にも官能を高められ、腰が揺れる。

「エロいな、雄大」

「エロいとか、言うな」

「声もエロい」

小さく笑った映一の唇が首筋に落ちてきた。前への愛撫を続けたまま、きつく吸い上げられる。たちまち生じた甘い痛みに顎《あご》が上がった。

「いっ、た」

「おまえさ、酔っ払って大泣きするぐらいだったら、最初から離れんなよ」

首筋をつたって耳に這い上ってきた唇が囁く。耳朶《じだ》を甘く噛まれたかと思うと、そのまま軽く引っ張られた。

「何で逃げた」

「やっ、て、こわ、怖かって」

絶え間なく与えられる快感と痛みで意識が朦朧《もうろう》としてきた雄大は、意地を張る余裕も消え失せ、素直に応じた。

「怖いって何が」

「いろいろ……。げ、芸能界とか、おまえ、とか……、自分、とか」

「だったらそう言え。才能がどうとか世界がどうとか言って、ごまかすんじゃねぇよ」

「ごめ……」

「謝ったら許されると思うなって、さっきも言ったよな」

低く響く声で叱られたかと思うと、濡れた感触が耳の奥に忍び込んできた。ぞくぞく、と甘い感覚が走り抜けた背筋が、弓のように反《そ》る。

「あっ、あ」

「で、これからどうすんだ。俺から離れんのか?」

耳に直接艶《つや》やかな声を吹き込まれ、取《と》り繕《つくろ》う理性が働かなかった。

心の内にある想いを、そのまま唇に乗せる。

「離れた、ない」

「俺が好きだろ?」

「あ、す、好きや」

「俺のためだったら、現場に戻れるな?」

「ん、うん、あ」

「最初からそうやって素直になっとけ、バカ」

耳の縁《ふち》を口に含まれ、しゃぶられる。唇からは色めいた嬌声《きょうせい》が、映一の愛撫を受けている劣情からは淫《みだ》らな水音があふれ出た。

「ドロドロだな」

楽しげな声が吐息まじりにつぶやく。

今まで経験したセックスでも触られたことはあるが、これほど感じたことはなかった。全身の感覚が鋭敏《えいびん》になっていて、吐息が肌を掠めただけでも反応してしまう。

「も、もう、映一……っ」

映一の腕をつかんで限界を訴《うった》えると、焦《じ》らすことなく促《うなが》された。

刹那《せつな》、強烈な快感が前を直撃する。己が放ったものが腹や胸に散る感触にも感じてしまい、雄大は我慢できずに声をあげた。

こんな気持ちええて、俺、どっかおかしいかも……。

痺《しび》れたようになっている頭で、ぼんやりとそんなことを思う。

体のどこにも力が入らなくて、ぐったり四肢《しし》を投げ出していると、ふいに強い力で両脚を抱え上げられた。腰の下にクッションを入れられて思わず開けた目に、大きく割り広げられた己の下肢と、その間に陣取《じんど》った映一のひきしまった体が映る。

あまりに無防備で卑猥な体勢に、ただでさえ熱かった全身がカッと火照《ほて》った。逃げようにも、快感でたわんだ体ではどうにもならない。

「おまえ、何やって……」

「何って、入れるとこを馴らすんだよ。そのまま入れたらおまえが怪我するだろ」

感謝しろ、とばかりに見下ろしてきた映一は、いつのまにどこから取り出したのか、ローションを指先に馴染《なじ》ませていた。

とろりとした液体が映一の長い指に絡《から》む様を見て、頭を殴られたような衝撃を覚える。男同士のセックスがどういうものか、知識としては知っているが、まさか初回から最後までするとは思わなかったのだ。

「そ、そこまでするんか」

「するに決まってんだろうが」

「す、するにしても、もうちょっと、違う格好でやるとか……」

「うつ伏せの方が楽だけど、それだとおまえのエロい顔とか、この控《ひか》えめなやつがドロドロになってるとこが見れねぇだろ」

「控えめて言うな！　俺のは普通や！」

「おまえさっきからうるせぇよ。ちょっと黙っとけ」

あきれたように言ったかと思うと、映一は割り広げられた雄大の後ろを指先で探った。ローションの冷たい感触に、体が強張《こわば》る。

「力抜け」

こんなときばかり甘い声で囁かれ、吐息を漏らす。その瞬間、映一の指が一息に押し込まれた。凄《すさ》まじい異物感と圧迫感に、悲鳴に近い声が漏れる。

「もっと……、ゆっくり……」

どうにか抗議の声を振《ふ》り絞《しぼ》ると、我慢しろ、と即座に命令された。

「俺も、余裕があるわけじゃない」

切羽《せっぱ》つまった物言いに思わず目を開けると同時に、中の指が活発に動き出した。かろうじて傷つけないようにしているとわかるものの、その動きは貪欲《どんよく》だ。強烈な苦しさと痛みに耐え切れず、雄大は頭を振った。

「いっ、痛、痛い」

泣きすぎて涸《か》れたと思っていた涙が、瞼を押し上げるようにして次から次へとこぼれ落ちる。こんな内臓を押さえつけられるような苦痛は、今まで一度も味わったことがない。

「息止めんな。ほら、吸え。そうだ。吐け」

言われるままに吸って吐く。ほんの少しだけ楽になった気がしたそのとき、映一の指がある一点を押した。

「あ……！」

刹那、電流のような衝撃を感じる。それが経験したことのない強い快感だと気付いたときには、感じる場所ばかりを集中的に責められていた。

艶《つや》めいた声が次々にあふれる。連続して与えられる快感に、おのずと腰がくねった。抱え上げられた足先が跳ね上がり、縋《すが》るものを探す指先がシーツをかき乱す。

熱い。苦しい。痛い。気持ちいい。

それら全ての感覚がひとつの大きな波になって全身に襲いかかり、思考がまわらない。

いつのまにか、指は三本に増えていた。中をかきまわされた拍子《ひょうし》に、立ち上がっていた劣《れつ》情《じょう》から欲の証《あかし》が迸《ほとばし》る。しかし常に達しているような感覚が続いているせいか、解放感はなかった。痛いほどの快感が居座り、休むことも終えることも許してくれない。

「んっ、あぁ……」

感じすぎて意識を手放しそうになったその瞬間、一息に指を引き抜かれた。条件反射で、あ、と嬌声が漏れる。

まだ中に何かが入っているような気がして荒い息を吐いていると、熱と痺れを訴えるそこに大きな塊《かたまり》があてがわれた。同時に、膝《ひざ》の裏をぐいと持ち上げられる。

「入れるぞ」

「あ、あ！」

指とは比べものにならない大きさのものの侵入に、体が自然と逃げを打つ。

「暴れんな。オラ、もっと脚開け」

膝の裏を強く押さえつけられ、更に脚が開いた。そこを狙《ねら》ったように、奥深くまで勢いよく貫《つらぬ》かれる。

狭い場所を無理やり押し開かれる感覚に、雄大は悲鳴をあげてしまった。

「や、抜け……！」

引き裂かれるような痛みと、呼吸すら奪う圧迫感、そして腹の中で激しく脈打つ大きな塊への恐怖、それらがない交ぜになり、恥も外聞もなく抜いてくれと喚《わめ》く。

「っざけんな……、やっと、おまえん中に入れたのに……、そんな簡単に、抜けるか……！」

苦痛に思考をもっていかれて言葉の意味は理解できなかったが、じっと動かないそれに、自分の要求が通らなかったことを知る。

「も、や、嫌や」

尚も首を横に振ると、雄大、と怒ったように呼ばれた。

「目ぇ開けろ」

有無《うむ》を言わさぬ口調で命令され、雄大はきつく閉じていた瞼をゆっくり持ち上げた。

涙で滲んだ視界に映ったのは、こちらを見下ろす鋭い美貌だった。

シャープなラインを描く頬は汗に濡れ、上気している。整った眉は甘く曇《くも》り、すっきりとした形の良い唇の隙間を縫って熱い息が出入りしていた。情欲に潤《うる》む切れ長の双眸《そうぼう》から放たれる視線は、野生の獣《けもの》のように猛々《たけだけ》しい。

うわ、めっちゃ色っぽい。

一瞬、苦しさも忘れて見惚《みと》れると、映一が微かに笑った。

「見惚れるぐらい、いい男だろ」

「誰、が……」

「俺だよ」

荒い息を吐きながらも、しれっと答えた映一にあきれる。

「アホか……」

「アホじゃねぇよ。ほんとのことだ。このいい男が、おまえの男だ。よく見とけ。それから、よく覚えとけ」

蕩《とろ》けるように甘く、しかし獰猛《どうもう》な声。

初めて聞く響きに陶然《とうぜん》となっている間に、映一がゆっくり動き出した。たっぷり注がれたローションが動きに伴い、ちゅく、と淫猥《いんわい》な音をたてる。

「あっ、あ、あっ」

制止する言葉は嬌声に変わった。

苦しさも痛みも薄れていない。それどころか、映一が動く度《たび》にどうしようもない苦痛に襲われる。

しかし一方で、痺れるような快感も湧いてきた。体の内側を怒張《どちょう》したもので擦《こす》られる度、寒気にも似た快感が背筋を走り抜ける。次第に激しくなる動きに合わせて劣情を愛撫され、快感はいや増した。

「あ、映、映一」

「気持ち、いいだろ」

「ん、気持ち、い」

思う様揺さぶられながら素直に頷く。つながった場所は熱く蕩け、既に苦痛より快感を強く雄大に与えていた。

「たまんね……」

映一が熱っぽい吐息を落とす。

初めて感じる強烈な愉悦《ゆえつ》の波に身を委《ゆだ》ねつつ、雄大は映一を見上げた。

先ほどよりも赤みを増した顔、滴《したた》る汗、きつく寄せられた眉、そして荒い息遣いから、映一も感じているのだとわかる。

ふいに胸が熱を帯《お》びた。火照った全身より、ずっと熱い。

それがたとえようのない愛しさだと気付くと同時に、雄大、と情欲に掠れた声で呼ばれた。

「もう、離れんじゃねぇぞ」

言うなり、映一は更に激しく動き出した。

力まかせの律動に翻弄《ほんろう》され、色を帯びた悲鳴が止まらない。限界を訴えるかわりに、映一、と呼んだ唇を乱暴に塞《ふさ》がれる。

口腔《こうこう》を貪《むさぼ》られたのを合図に、雄大は達した。わずかに遅れて映一も絶頂を迎える。

「ん、んんっ……」

互いに欲の証を出しきっても尚、キスは続いた。口うつしで想いを交換しているようだと感じたのは、雄大だけではなかったらしい。映一は深く重ね合わせた唇を、なかなか離そうとしなかった。

「いやー、何か必要以上に追いつめちゃったみたいでごめんね！」

明るく謝った水野《みずの》の頭を、パシ、ときつめに叩いたのは店長だ。

「人を試すようなことしといて軽いんだよ、おまえは。もっと真剣に謝れ」

「申し訳ありませんでした」

水野は幾分かしょげた様子で頭を下げる。

彼の正面に座った雄大《ゆうだい》は苦笑した。

「もういいですよ。怒ってませんから」

「あ、そう？　よかったー！」

すぐ笑顔に戻った水野に、店長はため息を落とした。雄大の隣にいるフミさんはといえば、珍獣《ちんじゅう》に出くわしたような目で水野を見ている。

時刻は午後十時。『まんぷく屋』に集っているのは水野、雄大、フミさんだ。常連客専用のこの狭い座敷でフミさんと共に号泣《ごうきゅう》したのは、もう二週間ほど前のことになる。

今日の映一《えいいち》は夕方六時で仕事が終わった。珍しく百瀬《ももせ》と飲みに行くというので送り出し、『まんぷく屋』で水野とフミさんと落ち合うことにしたのだ。

「シノちゃんが現場マネに向いてるのは間違いなかったんだけどさー、ある意味ピュアっていうか、業界に馴染《なじ》めてない感アリアリだったんだよねー」

焼酎《しょうちゅう》を片手に、水野は雄大を見遣《みや》った。

「そういう風に簡単に染まっちゃわないとことか、芸能界の仕事なんて自分には向いてないんじゃないかって本気で疑っちゃう常識人なとこも含めて向いてるって思ったんだけど、覚悟がないまま続けられて、ぶちって急にキレられて仕事放り出されると困るから。あれから覚悟もできたみたいだし、仕事もちゃんとやってくれてるし、ほんとよかったよ」

脅《おど》しのような言葉だけで続けられないと判断してやめていくようなら、そこまで。映一にそんな軟弱《なんじゃく》なマネージャーは必要ない。水野はそう考えたらしい。雄大を心配していたというより、ふるいにかけたようだ。

腹は立たなかった。逆に、映一にこういう人がついててくれたら安心やと思った。

「前に仕事放っぽり出した人がおったんですか」

雄大の問いに、んー、と水野は首を傾《かし》げる。

「仕事を放り出したっていうより、映一を放り出したっていうか。前の事務所やめるとき、スタッフの態度がけっこうひどかったみたいなんだよね。タレントの映一にしか興味がなくて、事務所やめても芸能活動続けるのかとか、学校はどうすんだとか、本人を心配する人が誰もいなかったみたい」

おまえは、違うと思ってたのに。

小さくつぶやかれた映一の言葉が思い出された。

映一は恐らく、雄大が仕事抜きで自分を受け入れてくれたと感じていた。友人のように面と向かって文句を言い、対等に言い合いをする。そうしながら側《そば》にいる。子供の頃から芸能界で生きてきた彼には、そんな当たり前のことが嬉しかったのかもしれない。それがなぜ恋心に変わったのか、正直雄大にはわからないけれど、映一なりの理由があるのだろう。にもかかわらず才能云々《うんぬん》を持ち出された挙句《あげく》、プライベートでも会わないと言われてしまった。裏切られたと思っても不思議はない。

割れた食器を片付けた雄大がマンションを出た後、映一は一人で仕事に行ったという。そこで、普段はしないミスを連発してしまった。藤内《ふじうち》と伊原《いはら》に問い質《ただ》された映一は、雄大がやめたことを話したらしい。替わりはいくらでもいる、あんな奴どうでもいい。吐き捨てた映一に、藤内は怒った。ひねくれたこと言ってんな、失くしたくないなら自分で縋《すが》りついて取り戻せ。

「おまえはどうなんだ。彼が売れなくなったら捨てるのか？」

腕を組んだ店長にじろりとにらまれ、とんでもない、と水野は首を横に振った。

「才能あるんだから、売れなくなったりしませんよ。もちろん多少の浮き沈みはあるだろうけど、僕がついてますから大丈夫」

どこまでもマネージャーの答えに、店長は苦笑した。ニワトリ型の卵茹《ゆ》で機を抱えた雄大が店にやってきた時点で、店長は水野に連絡を入れてくれていた。その水野に映一が連絡をとり、『まんぷく屋』にいると聞いて迎えにきてくれたのだ。

「でもやっぱり芸能界って大変よね。アタシ普通の会社員でよかったわ」

しみじみと言ってビールをあおるフミさんに、そうですか？　と水野は首をひねる。筋骨《きんこつ》隆々《りゅうりゅう》の男から飛び出たオネエ言葉にも全く怯《ひる》む様子はない。

「会社員だって大変だと思いますよ。要は向き不向きじゃないですかね。話変わりますけど、フミさん今フリーですか」

一瞬、何を聞かれているのかわからなかったらしい。フミさんは瞬《まばた》きをする。

雄大も瞬きをした。なぜ急にそんなことを聞くのだろう。

「僕の友人に小さいデザイン会社をやってる男がいるんですけど、これがバツ三の僕とは違って、ほんと堅い奴なんです。五年ぐらい前に恋人と別れてからずっとフリーで、最近になってやっとまた誰かと付き合う気になったみたいで。長く一緒にいられるような思いやりのある人がいいって言ってたから、フミさんぴったりだなって思って」

「ちょっとアンタ……。アタシがオカマだってわかってる？」

さすがのフミさんも、冗談なのか本気なのか判断できなかったのだろう。胡乱《うろん》な視線を水野に向ける。

雄大も思わず水野を凝視《ぎょうし》してしまった。

水野さん、バツ三なんか。

別のところで驚いていると、水野はあっさり頷いた。

「わかってますよ。あいつ、フミさんみたいな人タイプだと思います」

「そ、そうなの……?」

「はい。会うだけでも会ってみようって思われたら、今度フミさんがここへ飲みに来る日時を教えてくれれば、来るように言いますよ」

「そう……」

戸惑ったように頷いた後、うつむいてしまった彼女を、フミさん、と店長が呼ぶ。フミさんはハッとしたように店長を見上げた。

「気が乗らないんだったら断ってくださいね。水野はいろいろ強引ですから」

ああ、店長、そんな優しい声出したらまたフミさんが惚《ほ》れてまう……。

ハラハラしながら見守っていると、フミさんはニッコリ笑った。

「ありがと、店長。でもアタシ、その人と会ってみたいわ。水野さん、お手数かけて悪いんだけど連絡とってもらえる?」

「もちろんいいですよ!　あいつ喜ぶなあ」

雄大は思わずフミさんを見た。フミさんもこちらを見返してくる。

ええんですか。

目で問うと、フミさんは頷いた。ちゃんと責任もって連絡しろよ、と水野に説教している店長をちらと見遣《みや》ってから、雄大にだけ聞こえるような小さな声で囁く。

「思いっ切り泣いたら何だかすっきりしちゃった。アンタのおかげよ、シノ」

少し寂しそうに、しかし力強く微笑んだ彼女に、雄大も笑みを返した。どうやらフミさんは新しい恋を探すことにしたようだ。

俺は両想いになれただけでも幸せなんかも。

しみじみとビールをあおっていると、マナーモードにしておいた携帯電話がポケットの中で震えた。プライベート用の携帯の画面に表示されたのは、映一の名前だ。

「ちょっとすんません」

フミさんたちに断って席を立つ。外へ向かいながら通話ボタンを押して耳にあてると、遅い、と苛立《いらだ》った声が聞こえてきた。

「遅いて、まだ十時半やけど」

『時間もだけど、電話に出るのも遅い』

「水野さんらと一緒におったんやからしゃあないやろ。ちゅうかおまえこそ、百瀬さんと飲んでんのとちゃうんか」

『今帰ってきた』

「おまえ、失礼なことしてへんやろな」

話をしつつ外へ出ると、ひんやりとした風が頬を撫でた。昼間はまだ蒸し暑いものの、夜の空気は冷たくなってきている。秋が近付いてきた証拠だ。

『してねぇよ、おまえじゃあるまいし』

「俺がいつ失礼なことした！」

『あーもう、うるせぇ。電話で怒鳴るな』

さも面倒そうな声が返ってきて、雄大はムッとした。

この内弁慶《うちべんけい》野郎め……。

セックスをした後も、映一のわがままは変わらなかった。もっとも、初めて抱かれた日の翌日は、疲れ果てて眠る雄大を起こさず、水野と二人で仕事に行ってくれたのだが。

どうにかこうにか起きだして行ったキッチンで、ニワトリ型の卵茹で機と、殻《から》をむかれた茹で卵が並べてあるのを発見して、一人にやにやしてしまったことは言うまでもない。

ちなみに水野は映一と雄大の関係を知っているようだ。映一が変な奴にひっかからなくてよかったよ、シノちゃんなら僕も安心、と言っていたから、認めてくれたのだろう。

「うるそうて悪かったな。わかりました、これから静かにしますー」

厭味《いやみ》を込めて言うと、はあ？　と映一は怒ったような声をあげた。

『バカかおまえは。静かなおまえなんか、おまえじゃないだろ』

「おまえがうるさいて言うたんやろが」

『嫌だとは言ってねぇだろうが。静かなおまえなんか意味ねぇよ』

不機嫌そのものの物言いに、雄大はぽかんとした。

それはつまり、ガンガン言い返す俺が好きて言いたいんか？

雄大の沈黙をどうとったのか、電話の向こうで映一が舌打ちをする。

『くだらねぇこと言ってないで早く帰ってこい。明日仕事昼からだから、時間かけてかわいがってやる』

「ちょっ、おま、かわいがるとか言うな！」

『ああ？　おまえまさかやらせねぇつもりか？　前にやってからどんだけ経《た》ったと思ってんだ。三十分以内に帰ってこなかったら上に乗らせるからな』

それきり唐突に電話は切れた。

じわじわと頬が熱くなってくるのを感じる。二週間ぶりに映一と体をつなぐことができるのは、雄大も嬉しい。かなりわかりにくかったが、好きなところを言葉にしてくれたのも嬉しいけれど。

——上に乗らせるって何や。

やっぱりあれか。馬乗りのあの体勢か。

「無理！」

思わず叫んだ雄大は、慌てて店内へと踵《きびす》を返した。一目散《いちもくさん》に奥の座敷へ向かう。

「俺、そろそろ失礼します」

「あら、まだいいじゃない」

不思議そうな顔をするフミさんに、無理やり笑ってみせる。

「や、あの、すんません、また今度ゆっくり。水野さん、ご馳走様《ちそうさま》でした、店長、失礼します」

勢いよく頭を下げ、雄大は再び踵を返した。お疲れ～、という水野の声と、気を付けてな、という店長の声を背に、店を飛び出す。

制限時間は三十分。

雄大はタクシーをつかまえるべく、大通りへと駆け出した。

ラブラブ天国
lovelove tengoku

篠倉雄大《しのくらゆうだい》は、エレベーターの扉が開くと同時にダッシュした。両手に下げた紙袋がガサガサと派手に揺れたが、気にしていられない。焦《あせ》りのせいか、三月に入ったばかりで肌寒いというのに、羽織《はお》ったコートがやけに暑く感じられる。

やばい！　マジでやばい！

約束の帰宅時間まで残り二分。当初に予定していた時刻より、既に三十分以上遅れている。新大阪駅から新幹線に乗り、東京駅に着いたところまでは順調だったが、その後乗ったタクシーが夕方の渋滞に捕まってしまったのだ。一応タクシーの中で待ち人に電話をかけ、遅れる旨《むね》を伝えたが、渋滞？　そんなもん俺には関係ねぇな、と超がつくほど不機嫌な答えが返ってきた。一秒でも遅れたら、今晩は俺の気が済むまで付き合ってもらうから。

あいつはやる言うたら絶対やりよる！

以前、三十分以内に帰れと言われていたのに間に合わなかったときも、宣言通り上に乗らされたのだ。

既に通い慣れた部屋にたどり着いた雄大は、素早く暗証番号を押した。鍵を開け、中へ飛び込む。

「ただいま映一《えいいち》！」

暖かなリビングにいるだろう人物に向かって声を張り上げる。

が、返事はない。

くそう、無視か！

「ただいま！」

怒鳴りながらドアを開けると、ソファに腰かけた男――鷲津《わしづ》映一がちらと肩越しに振り向いた。チ、とこちらに聞こえるぐらい大きな舌打ちをする。

腕時計を確認すると、約束の時刻一分前だった。

間に合《お》うた……。

思わず大きく息を吐き、雄大は映一に歩み寄った。

「コラ、俺はただいまて言うたんや、何か言え」

「遅《おせ》ぇんだよバカ。言っとくけど、マジでぎりぎりだからな」

映一はソファに座ったまま、不遜《ふそん》な口調で言った。鋭《するど》い美貌《びぼう》も不満げに歪《ゆが》んでいる。

出会ったばかりの頃なら怒り心頭《しんとう》だっただろうが、今は違う。確かに少しは腹が立つけれど、あきれとおかしさ、そして愛《いと》しさが勝《まさ》る。

せやかて拗《す》ねてんのが丸わかりなんやもんな。

年よりも大人びたイメージを持たれている映一が、こんな風に子供のような反応をするのは、雄大に対してだけだ。

「バカて言うなアホ。ちゃうやろ、ただいま言うてんのやから、おかえり、やろ」

両手に提《さ》げていた荷物を下ろしてにらむと、唐突に手首をつかまれる。

わ、と声をあげたときには、既に映一の腕の中にいた。

「俺を待たせんじゃねぇよバカ。もっと早く帰ってこいバカ。……おかえり」

ごく小さな声で付け足された言葉に、雄大は頬を緩《ゆる》めた。恋人として付き合って約半年。五つ年下の映一を、かわいいなあと思うのはこんなときだ。基本的に偉そうな態度なのはタレントとマネージャーという関係だった頃と変わらないが、プライベートではほんの少しだけ素直になる。気位《きぐらい》の高い猟犬《りょうけん》に甘えられているようで、くすぐったくてたまらない。

昨日の昼すぎ、大阪のホテルで行われる兄の結婚式に出席するため、CMを撮影していたスタジオに映一を置いて帰った。水野《みずの》がいてくれるとはいえ、自分だけが帰るのに気が引けて、ごめんと謝ると、映一はふんと鼻を鳴らした。

めちゃくちゃ忙しいのに休みやったんだからさっさと行け。ただし終わったら全速力で帰ってこい。寄り道なんか絶対するな。

楽屋のソファにふんぞり返って命じたものの、置いてけぼりを食らったような寂しげな表情を隠しきれておらず、なんとも言えずかわいかった。

「はい、ただいま」

映一の膝《ひざ》の上に乗り上げているため、見下ろす位置にある頭の天にキスをしてやる。

ふ、と映一が体の力を抜いたのが、密着した体から伝わってきた。しかし長い腕は離れない。

無理に引き離そうとはせず、雄大は抱きしめられたまま尋ねた。

「映一、夕飯食うたんか？　腹減ってんのやったら何か作るけど」

「飯はさっき食ったからいい」

肩越しにローテーブルを振り返る。英語のテキスト、辞書、ノート、シャーペン、CDプレーヤー、イヤフォン。それらの横に皿とスプーン、ペットボトルが放置されている。どうやら食べながら勉強していたらしい。昨年の末にハリウッド映画に出演する契約を正式に結んでから、暇さえあれば英語を学習しているのだ。

それはええとしても、皿とスプーンが出てるってことは自分で何か作ったんやんな。

冷蔵庫に冷凍チャーハンを入れておいたから、たぶんそれだろう。

「冷凍チャーハン、自分で作ったんか」

「おまえがいないんだから仕方ないだろ」

「うまいことできたか？」

「おまえ、俺をバカにしてんのか。裏に書いてある説明の通りにやればいいんだから、できたに決まってる」

ムッとして言った映一を、まじまじと見下ろす。

少し前の映一なら、たとえ雄大がいなかったとしても、自分でチャーハンを作ろうなどとは思わなかったはずだ。事務所の誰かに弁当でも買ってこさせただろう。

相変わらず偉そうでわがままだが、それでも少しずつ変わってきている。恐らく、雄大と付き合うようになったことが彼に変化を与えているのだ。

ああもう、かわいいなあ。

胸の奥がほかほかと温かくなるのを感じながら、映一の首筋に改めて腕をまわす。

「なあ、今度俺にもチャーハン作って」

「はあ？　何で俺がおまえのために飯作んなきゃいけないんだよ。おまえが俺に作るんだろ」

「作るけど、いっぺんぐらい作ってくれてもええやんか」

「やだね、めんどくせぇ」

けんもほろろに切り捨てられたが、気にしない。

嫌や言うとっても、時間があったら作ってくれるんや。

映一は今もたまに、ニワトリ型の卵茹《ゆ》で機で茹で卵を作ってくれる。俺が食いたかったからと言い訳をするけれど、雄大のために作ってくれているのは明らかだ。

にやにやしていると、ふいに腰の辺りにひんやりとした空気を感じた。背中にまわっていた映一の腕が、いつのまにかコートをたくし上げている。スーツの上着もかいくぐった手は、ワイシャツの裾《すそ》をスラックスから引っ張り出していた。

「コラ、何してんねん」

「何ってナニ」

「オヤジか。ちゅうか俺手ぇ洗《あろ》てへんし、うがいもしてへんし。それにちゃんと時間に間に合《お》うたんやから、ちょ、映一っ」

抗議しつつ体を捩《よじ》るが、映一の手は止まらない。とうとうベルトをはずしてしまった。

「あかんて。するんやったら、後でゆっくりしたらええやろ」

「後っていつ」

「手ぇ洗《あろ》てうがいして風呂入って、小腹すいたから引き出物のバウムクーヘンでも食うて」

兄嫁の友人が働いている有名洋菓子店のバウムクーヘンと聞いて、案外甘党な映一と一緒に食べようと楽しみにしていたのだ。

「バウムクーヘン」

映一が低くつぶやく。一瞬止まった動きは、しかしすぐに動き出した。

やすやすと下着をかいくぐった大きな手が、思わせぶりに臀部《でんぶ》を撫《な》でる。

ただそれだけの刺激で、雄大の体は跳ね上がった。濃厚《のうこう》な情事を重ねてきたせいだろう、相手が映一だというだけで、どこを触られても感じてしまう。

「あ、待てて、映一」

「俺はバウムクーヘン以下か」

ムッとした口調で言われると同時に、腰から背中にかけての敏感な場所を撫で上げられる。

たちまち甘い痺《しび》れが背筋に走って、雄大はまた小さく声をあげてしまった。

あかん。このままやったら流される。

「コラ！　腹減ってるて言うてるやろが！」

吠《ほ》える勢いで怒鳴った瞬間、映一は再び手を止めた。

お、あきらめたか。

ほっとして見下ろすと、映一もこちらを見上げてくる。

男っぽい鋭い美貌に映っていたのは、さも不機嫌そうな表情だ。切れ長の双眸《そうぼう》には、獰猛《どうもう》な熱が宿《やど》っている。――少しもあきらめていない。

「じゃあ手洗いとうがいとシャワー。それだけ許す」

渋々、といった物言いに、ひく、と頬がひきつった。

「……おいコラ、何がどう、じゃあ、やねん。文章のつながりがおかしいぞ。バウムクーヘンが食いたいて言うたん聞いてへんかったんか？」

「特別に一回で我慢してやるから、ありがたく思え」

「人の話を聞け！」


バウムクーヘンを両手で丸ごとつかんだ雄大は、そのままガブリとかぶりついた。

たちまち上品な甘さが口の中に広がる。

旨《うま》い。激しい運動の後で腹が減っているから、余計《よけい》に旨い。

「雄大、俺にも」

親鳥に餌《えさ》をねだる雛《ひな》のように大口をあけた映一を、雄大はにらみつけた。

こんな間抜けな顔でもカッコエエんが腹立つ。

場所は寝室、キングサイズのベッドの上だ。雄大はジャージの上下を着ているが、空調がきいていて暖かいのをいいことに、映一は上半身裸のままである。その美貌と同様、ひきしまった体躯《たいく》も彫刻《ちょうこく》のように美しい。

シャワーを終えると、映一が脱衣所で待ち構えていた。ろくに体も拭《ふ》かないうちに問答無用で肩口に抱え上げられ、雄大は慌てた。降ろせアホ、とジタバタ抵抗している間に寝室に運ばれ、ベッドに放り投げられた。そこからはもう映一のなすがままだ。もともと下着一枚身につけていなかった体は瞬《またた》く間に高められ、気が付いたときには彼の欲望を受け入れていた。

すぐ気持ちようなってまう俺もどうよ……。

映一とのセックスが約十日ぶりだったとはいえ、乱れすぎた。奥深くまで容赦《ようしゃ》なく含まされた熱だけでなく、雄大、と呼ぶ熱っぽい声にもひどく感じてしまい、嬌声《きょうせい》を抑《おさ》えることすらできなかった。女性とのセックスは淡白な方だったから、映一に抱かれて淫《みだ》らな反応をしてしまう今の自分が信じられない。

なんかもう、めちゃめちゃ恥ずかしい。

真っ赤になっているだろう顔色をごまかすためにガツガツとバウムクーヘンを頬張《ほおば》った雄大は、映一を横目で見遣《みや》った。

まだ無防備に口をあけている。抱くのは一回で我慢したし、寝室までわざわざバウムクーヘンを持ってきてやった。しかも体まで清めてやったのだから、食べさせてもらって当然と思っているようだ。

まあ確かに、最初の頃やったら一回では済まんかったはずや。

少なくとも二回はされていたと思う。一応、大阪から帰ってきたばかりで疲れているだろうと、映一なりに気遣ってくれているのだ。

けど俺は腹減ったて言うたんや、セックスする前に食わしてくれてもええやろ！

改めて怒りを覚えた雄大は、映一をじろりとにらんだ。

しかし映一は悪びれる様子もなく、早く食わせろ、と目で催促《さいそく》してくる。

あー、もー！

雄大は根負《こんま》けした気分でバウムクーヘンを千切《ちぎ》り、口に放り込んでやった。

ありがとうと礼を言うでもなく咀嚼《そしゃく》した映一は、形の良い眉を上げる。

「旨いな、これ。どこの？」

「兄貴の嫁さんの友達の師匠《ししょう》の店の」

「ふうん。東京に支店とかあんの？」

「ない」

「取り寄せはできるのか?」

「できん」

精一杯ぶっきらぼうに答えたつもりだったが、映一は気にする風もなく首をすくめた。

「そうなのか。残念」

言うなり、パカ、とまた口をあける。

あー……、もー……。

今度は完敗した気分でバウムクーヘンを口に入れてやる。

自分も一口大にちぎったバウムクーヘンを頬張ると、ごく自然な仕種で映一の腕が腰にまわった。体がぴたりと密着する。もっとくれとばかりに再び開かれた映一の口に、またしても菓子を運んでしまう。

オカンもオトンも兄貴も翔大《しょうだい》も、俺が鷲津映一と一緒のベッドにおって、自分の食べかけのバウムクーヘンを食わしてやってるなんて、夢にも思わへんやろな……。

家族には、勝木《かつき》プロダクションで働いていると既に話してある。最初は信じてもらえなかったが、名刺を見せるとようやく納得してくれた。

しかし、鷲津映一の現場マネージャーだとは話していない。

せやかて、俺自身もまだ信じられんときがあるし。

映一の側《そば》にいる日常が信じられないというより、自分が芸能界に携《たずさ》わっていることそのものが信じられない。どこからどう伝わったのか、結婚式の出席者の中にも雄大が大手芸能プロダクションに勤《つと》めていると知っている者がいて、憧《あこが》れの眼差《まなざ》しを向けられたが、ひどく居心地が悪かった。業界人として見られることには、どうにも慣れない。

「CMの撮影はうまいこといったんか?」

バウムクーヘンを頬張った雄大は、昨日の仕事を思い出して尋ねた。

ん、と映一は咀嚼しながら頷く。

「終わったのは夜中の二時だったけどな。クライアントも監督も水野さんも俺も、納得できるものができた」

「そか、よかった。今日の英語のレッスンは?」

「ちゃんと受けたに決まってんだろ。発音がよくなってきたって褒《ほ》められた」

「そうか。おまえちゃんと勉強してるし耳もええもんな。雑誌の取材は? 五本入ってたやろ」

「全部完璧」

だから褒美《ほうび》をくれとばかりにあけられた口に、ため息を落としながらもバウムクーヘンを入れてやる。

満足げに頬張った映一だったが、小さくため息をついた。

「昨日も今日も、水野さんは俺をかまうよりクライアントとか代理店の人としゃべってる方が多くてさ。俺が一人でいるもんだから、スタッフの人が気ぃ遣っていろいろやってくれんだけど、いちいち的《まと》がはずれてんだよな。あれなら放《ほ》っとかれた方がましだった。逆に疲れる」

「アホ、おまえを放っとけるわけないやろ。失礼な態度とらんかったやろな」

「とるわけないだろ。ていうか、おまえがいないのが悪いんだからな」

「それはほんまに悪かった。休みくれてありがとう」

幾分か不機嫌な口調で言われて、雄大は素直に礼を言った。兄に一度は出席すると言ったものの、もしかしたら無理かもしれないと、後で断りを入れておいたのだ。

半日程度ならまだしも、映一の過密スケジュールでは丸一日休むことなどできない。映一と、チーフマネージャーである水野が了承してくれたからこそ、大阪の結婚式に出席できたのだ。

「お兄さん、喜んでたか」

「うん。兄貴の嫁さんも喜んでくれた。親と弟に会うんも久しぶりやってん。皆の元気な顔見れてよかったわ」

家族と兄嫁の笑顔を思い出して我知らず笑顔になった雄大は、ふと口を噤《つぐ》んだ。

映一には、あんまり家族の話せん方がええんかな。

映一が小学校四年のときに両親が離婚し、今ではそれぞれが別の人と再婚していると水野に聞いた。父親とは絶縁状態らしいが、母親とは多少の交流があるという。その辺りはもう乗り越えたと思うけど、一応そういう事情だって知っといてやってね、と水野に言われた。

しかし兄の結婚式に出席してきたというのに、その話を全くしないというのも変だ。

さりげなく見上げた映一は、ふうんと頷いただけで特に寂しげな顔はしていなかった。

ほっとしながら最後の一欠片《ひとかけら》を口に運んでやると、反射のようにパクリと頬張る。

「言っとくけど、今回は特別だからな。当分休みはないと思えよ」

食べ終えた映一が偉そうに宣言するのに、雄大は安堵《あんど》して頷いた。

よかった。ほんまに気にしてへんみたいや。

「わかってるて。明日の午前中は事務所で水野さんと打ち合わせで、その後藤内《ふじうち》君と伊原《いはら》君と一緒に、ソルトの夏のツアーの打ち合わせ。午後から取材が一本あって、残った時間はジムでトレーニング」

記憶している明日の日程を並べると、映一はわずかに眉を動かした。

「スケジュール覚えてるのか」

「そら覚えてるに決まってるやろ。渋滞にひっかからんようにルート考えなあかんし、ちょっとでも空《あ》いた時間があったら、おまえが勉強するなり休憩するなり仮眠とるなりできる、静かな場所を確保したいし」

箱に添えられていた紙ナプキンで指を拭きつつ答える。多忙なタレントの現場マネージャーとして当然のことだ。

「いっつもだいたい一週間分ぐらいは頭に入って、わ！」

突然肩をつかまれてベッドに押し倒され、雄大は反射的に目を閉じた。

「ちょ、何やねん」

文句を言いつつ瞼《まぶた》を上げる。

すると、鼻先が触れるほどの至近距離に映一の鋭い美貌があった。真剣な表情のせいで、ただでさえ整った面立《おもだ》ちが男っぽくにおい立つ。

やっぱりめっちゃカッコエエ。

我知らず見惚《みと》れていると、ちゅ、と可愛らしいキスをされた。

「もう一回な」

「もう一回て何が、んっ、んん」

今度は深く口づけられ、もう一回、の意味を理解する。

いっぺんて言うたのに、このわがまま野郎!

怒りの叫びは、映一の情熱的な愛撫《あいぶ》によって、あっという間に溶かされた。


勝木プロダクションは一等地に事務所を構えている。数年前に改築されたモダンな建物は、当然のことながら自社ビルだ。空調が完璧にきいていて、暖かすぎず、寒すぎずのちょうどいい温度に保たれている。

今日は水野との打ち合わせだけでなく、映一が所属しているアイドルグループ『ソルト』の夏のツアーの打ち合わせもあるため出向いたが、分刻《ふんきざ》みのスケジュールで動いている映一が事務所を訪《おとず》れることはあまりない。スタジオや楽屋、あるいは自宅マンションで話すことがほとんどだ。

テレビ局とかスタジオもそうやけど、事務所で普通に働いてる人もカッコエエ。

打ち合わせが行われる会議室に向かってゆっくり歩を進めながら、雄大は周囲を観察した。

スーツ着用の者からラフな格好《かっこう》の者まで様々だが、皆颯爽《さっそう》として見える。中には垢抜《あかぬ》けていない者もいるけれど、彼らには必ず独特の空気と存在感がある。

結局、才能があるってことなんやろな、きっと。

「シノちゃんお疲れ～！」

後ろから勢いよく肩を抱かれて、う、と雄大は小さく声をあげた。

昨夜《ゆうべ》の今日だ、あまり強い衝撃を与えられると腰に響く。

「お、別の意味でもお疲れだったか。あ、これってセクハラ？　いやー、ごめんごめん！」

テンションの高い口調でまくしたてたのは、高級スーツを着こなした男だった。

映一のチーフマネージャー、水野。満面に笑みを浮かべているにもかかわらず、なぜか胡散《うさん》臭《くさ》く感じられるのはいつも通りだ。雄大と同じような中肉中背《ちゅうにくちゅうぜい》の体格なのに、敏腕《びんわん》として知られる彼には存在感があり、かなり大きく見える。

「映一は？　もう会議室？」

お疲れさまですと返してから、はいと頷く。

事務所の地下駐車場へ車を停めると、映一は運転席を下りる雄大に手を貸してくれた。朝、腰をかばってぎくしゃくしながら乗り込んだのを気にとめていたらしい。嬉しくて、ありがとうと礼を言うと、別に、と素《そ》っ気《け》ない答えが返ってきた。

ちょっとは俺のせいでもあるからな。後からゆっくり来い。

ちょっとやないやろ！　百パーおまえのせいやろ！　とツッこんだときには既に、映一は背を向けて先に歩き出していた。

ほんま素直やないっちゅうか、一言多いっちゅうか……。

「水野さん、忙しいのにお休みいただいてすみませんでした。ご迷惑おかけしました」

横に並んだ水野に頭を下げると、彼はニッコリ笑って首を横に振った。

「気にしなくていいよー。一昨日はクライアントとゆっくり話せたし、昨日は雑誌の取材だけだったしね。あ、映一に聞いたけど、シノちゃんも英会話勉強してるんだって？」

「ああ、はい、一応」

アメリカでの撮影中、映一のスタッフとして彼と共にすごす予定なので、映一ほどではないが、雄大も時間を見つけては英会話の勉強をしているのだ。

「ずっと映一についてるわけにはいかないけど僕もいるし、現場では通訳がついてくれるから無理しなくてもいいからね」

水野は明るい口調で言う。最近まで知らなかったのだが、彼は五ヵ国語ほど話せるらしい。

バツ三といい、ほんまに謎で凄《すご》い人や……。

一度どういう人生を歩んできたのか聞いてみたいと思いつつ、ありがとうございますと礼を言う。

「けどやっぱり映一のためには、ちょっとはわかった方がええと思《おも》て。それ以前に映一の足手まといにはなりたないですし。まあ俺は映一と違《ちご》て、発音とか気にせんでええから気楽にやってます」

笑って言うと、水野はまじまじとこちらを見つめてきた。

変なことを言ったかと思って、首を傾《かし》げて見返す。

すると水野は、大袈裟《おおげさ》に首を左右に振った。

「シノちゃんはほんと、ダレないしブレないなあ。シノちゃんに出会えて、映一も僕も運がよかった」

「タレントはともかく、マネージャーの仕事にブレるもブレんもないでしょう」

「それがあるから困るんだよねー。多少の失敗は勉強になることもあるから全然いいんだけど、この前、タレントのスケジュールをエサに接待受けまくったバカがいてさ。周りがちやほやしてくるのはタレントの力とカップロのネームバリューのせいなのに、自分が偉いからだって勘違いする奴、けっこう多いんだよ。事務所の信用に傷がついちゃうからほんと迷惑。なんで人事はああいう勘違いバカを採用するんだろ」

ため息を落とした水野に、雄大はただ苦笑した。超がつくほどのポジティブ思考な水野にしては珍しい愚痴《ぐち》だ。どうやら本当に困っているらしい。

勘違いするんはたぶん、その人に才能があるからやろう。

タレントの才能を見抜く力だったり、その才能を活《い》かすマネジメント能力だったり、あるいは交渉術だったり話術だったり。人によっては、容姿《ようし》や学歴かもしれない。とにかく、自分に自信があるから接待を受けることができるのではないかと思う。

卑下《ひげ》してるわけやないけど、俺にできることて限られてるからな。

容姿は並みだし、有名な大学を出ているわけでもない。ただ、体力があって家事全般がこなせるだけだ。もちろん、それらも立派な長所だとは思うけれど、芸能界で働くための才能としては弱い気がする。

スケジュール通りに映一を運ぶこと。映一の負担をできる限り軽くして、気持ちよく仕事をしてもらうこと。

それぐらいしかできないから、勘違いのしようもない。

「ほんと、シノちゃんの爪《つめ》の垢《あか》を煎《せん》じて胃袋に流し込んでやりたいよ」

「俺は何もしてませんけど」

「してるよー、めちゃくちゃしてるよー」

冗談なのか本気なのかよくわからない軽い口調で言って、水野は目的のドアをノックした。

はい、と聞き慣れない男の声が応じたのを確認してからドアを開ける。

少人数用の小さな会議室にいたのは、先に来ていた映一と、その正面に腰かけた四十代後半の男だった。マネジメント部長の田沢《たざわ》だ。今し方返事をしたのは彼だったらしい。

「あ、お疲れさまです」

一度しか会ったことがない上司の上司に、慌てて頭を下げる。

「おう、篠倉、お疲れ」

ちゃんと名前を覚えていてくれた田沢は、屈託《くったく》のない笑みを浮かべた。ゆったりとした物言いが、水野とは対照的だ。

田沢がいると最初からわかっていたらしく、水野は平然と彼に声をかけた。

「部長、今日はやけに早いですね」

「なんだ水野、俺が早く来ると都合でも悪いのか」

「まさか。いつでも大歓迎ですよ」

上司に対しても怯《ひる》むことなく笑って、水野は田沢の隣に腰かける。

今までにも出先での打ち合わせには同席してきたが、田沢もいるのは初めてだ。重要な事柄を話し合うのかもしれない。

話の邪魔にならんとこにおろう。

映一と二人の上司から少し離れた場所に腰を下ろそうとすると、シノちゃん、と水野に呼ばれた。

「こっちこっち。映一の横に座って」

「え、けど俺がおったら邪魔やないですか」

「何言ってんの、シノちゃんは映一のスタッフなんだから邪魔になるわけないだろ」

遠慮がちに見れば田沢も頷いたので、そろそろと映一の横に腰を下ろす。

肝心《かんじん》の映一は、ちらとこちらを見ただけで何も言わなかった。雄大が隣にいることに異論はないらしい。

我知らず緊張しながらバッグを下ろして正面に向き直ると、水野は構える様子もなく話を始めた。

「今日、田沢部長にも来ていただいたのは、これからの方針をはっきりさせておきたかったからなんだ」

はい、と映一は返事をする。整った横顔に映っているのは、仕事のときの真剣な表情だ。

「映一はさあ、これからどういう仕事がしたい？」

「水野さんが選んでくれたんなら、どんな仕事でもします。水野さんは俺を活かす仕事をわかってくれてる。信頼してますから」

きっぱりと言い切った映一に、水野は珍しく眉を上げた。

田沢は穏やかな眼差しで、水野と映一を交互に見遣る。

雄大はといえば、驚くことなく映一を見つめた。彼の水野に対する信頼は揺るぎないものだと、既に知っている。

水野さんは何でこの仕事を俺に持ってきたんだろうって、疑問っていうか不満っていうか、そういうのを感じても、後でその仕事が絶対プラスになるんだ。あの人は、俺の将来を見据《みす》えてマネジメントしてくれてる。

何かの拍子《ひょうし》に水野の話題になったとき、映一はそう言っていた。

たとえばアイドルグループ『ソルト』としてのデビューもそうだ。子供の頃から俳優として芸能界に身を置いてきた映一は、歌や踊りに興味がなかった。そのため、自身がアイドルになることに抵抗があったらしい。しかし水野は強引に『ソルト』を結成させた。結果、映一は爆発的に知名度を上げ、歌のレッスンで正しい発声と呼吸法を、ダンスのレッスンでより豊かな表現力を身につけた。また、心を許せるメンバー、藤内航太《こうた》と伊原皐月《さつき》にも出会えたのだ。

事実、映一はひとつ仕事をこなすごとに成長する。演技の幅《はば》と新たな魅力を獲得《かくとく》するだけではない。人脈も確実に広がってゆく。九ヵ月という短い時間ながら、雄大もそうした彼の成長を実感している。

「信じてくれてありがとう。僕も映一の才能の活かし方を一番わかってるって自負してるよ」

気を取り直したらしく、水野は映一と同じようにきっぱり言い切った。間を置かず、明るい口調で続ける。

「でもほら、仕事するのは僕じゃなくて映一だから。やってみたいこととかあるんじゃないかなって思って。それが可能な仕事なら、いい形で実現したいし」

そうですね、とつぶやいた映一は、答えを探すように少し高い位置に視線を上げた。長い指をからませて両手を組む。ただそれだけの仕種《しぐさ》が、実に絵になる。

「夢だったハリウッドは実現しましたけど、一回の出演で終わるんじゃなくて、もっとたくさん出たいです。もちろん、今回の映画で結果を出してからの話ですが。それから殺陣《たて》のある時代劇も出てみたい。あとは舞台ですね。大塚《おおつか》さんの舞台をやってみたいです」

有名な舞台演出家の名前をあげた映一に、ん、と水野は頷いた。それでなにかのスイッチが入ったかのように、何度も大きく頷く。

「大塚さんの舞台ね。うん、いいな。いいね。いいですよね」

同意を求められた田沢は、ああ、と応じた。

「映一にはこれから、うちの看板俳優になるつもりでキャリアを積んでいってもらいたい。ただ、映画や舞台以外を見下すような、くだらないプライドは持ってもらっちゃ困る。どんな仕事でも、それがおまえに与えられた仕事である限り、全部血肉《ちにく》になると思って取り組んでくれ」

田沢の言葉に、はい、と映一は神妙《しんみょう》に頷いた。

映一やったら大丈夫や、と雄大は思う。どんな仕事であれ、彼がいい加減な態度で臨《のぞ》んでいるのを一度も見たことがない。とにかく真剣で、いつも真《ま》っ向《こう》勝負だ。だからこそ、持てる才能を発揮《はっき》できる仕事中は生き生きとしている。

けど、ソルトの二人と完全に離れてしまうんはどうやろ。

映一のためには、そう頻繁《ひんぱん》ではなくても、彼らと一緒にいる時間を作った方がいい気がする。それに映一が俳優業に専念してしまったら、藤内と伊原はどうなるのか。

「ん？　シノちゃん、どうした？」

心の内を見抜いたように水野に声をかけられ、雄大はぎょっとした。

「あ、いえ、何も。話続けてください」

「思ったことがあるんだったら、遠慮なく何でも言って。今一番映一の近くにいるのはシノちゃんなんだから、僕が気付かないこともあるかもしれない」

水野さんが気付かんことなんかないやろうと思ったが、映一だけでなく田沢にも視線を向けられ、遠慮しつつ口を開く。

「あの、ソルトはどうなるんでしょうか。解散ですか？」

「今はまだそこまで考えてないけど、二年か三年後ぐらいにはそうなるかもね。人気があるうちに解散すると、いろんな意味でプレミアがつくから」

「解散したら、藤内君と伊原君は」

「航太はもともとダンス好きが高《こう》じてこの世界に入ってきたから、将来はダンサー兼《けん》振り付け師になりたいって言ってる。だから映一がアメリカへ行ってる間、航太も向こうのスクールに留学する予定。皐月は歌が好きで自分でも作るから、ソロ活動に意欲を見せてる。ソルトのヒット曲の中にも、皐月の作品がいくつかあるしね。あと最近はゲーム音楽にも興味があるみたい。まだ僕が勝手に考えてるだけだけど、ゲーム会社とコラボするのもおもしろいかもね」

スラスラと出てきた答えに、雄大は思わずほっと息をついた。

水野さんが藤内君と伊原君のこと、考えてへんわけないよな。

水野は彼らのマネージャーでもあるのだ。そもそも藤内も伊原も、映一とは分野は違えど才能がある人間だ。『ソルト』を解散したからといって、その輝きが失われるわけではない。

しかし『ソルト』がなくなるのは避《さ》けたい。

雄大はまっすぐに水野を見つめた。

「あの、できれば、なんですけど。当分解散はせんといてもらえませんか。休止ていう形ででも、残しといてもらいたいんです」

「理由は？」

「映一に帰る場所があった方がええと思うんです。退路を断《た》った方がええ結果を出せるていう考え方もありますけど、普段強い人間でも弱《よわ》なるときはあるでしょう。映一は仕事に関しては真剣すぎるぐらい真剣やから、あんまり自分を追いつめるようなやり方はしてほしいない」

映一の強い視線を頬に感じて、雄大はちらと彼に目をやった。

端整な面立《おもだ》ちには驚いたような、それでいて呆気《あっけ》にとられたような表情が浮かんでいる。

少なくとも怒っている風ではなかったので、雄大は続けた。

「ソルトは映一にとって、家みたいなもんやと思うんです。たとえ遠く離れた場所にあっても、帰る家があるていうだけで、外へ出たとき安心できる。ピンチに遭《お》うたとき、それだけで踏ん張れることもある。新しい道に踏み出す藤内君と伊原君にとっても、それは同じじゃないかと思うんですけど」

今日まで映一と藤内、伊原の三人を見ていて感じたことを、雄大はそのまま言葉にした。

三人がそろうと、仕事仲間というより、兄弟を思わせる雰囲気が漂《ただよ》うのだ。特に映一は雄大と一緒にいるときとはまた違う、リラックスした表情を見せる。映一だけでなく、藤内と伊原が新たな道を確かなものにするまでは、『ソルト』を残しておいた方がいいように思う。

俺は甘いやろか。

芸能界では、そんな考え方は通用しないだろうか？

しかし芸能人も人間だ。

黙って話を聞いていた水野は、うーんと小さくうなった。彼の青写真では、あくまで解散なのだろう。何かもっと具体的なことを言わなければ、納得してもらえそうにない。

「それに休止やと、休止前の最後のツアーとか写真集とか、一時復活コンサートとか、そういうので何回でもがっつり儲《もう》けられるし！」

人差し指と親指で円を作って力説《りきせつ》すると、静かに話を聞いていた田沢が噴き出した。水野もにやりと笑う。

二人ともバカにした笑い方をしていなかったので、へへへと笑い返すと同時に、映一に頭を小突《こづ》かれた。

「なんだその手。がっつりとか言うな」

「や、けどほんまのことやし」

映一のあきれた口調に、雄大は小さな声で言い返した。映一たちはアマチュアではなくプロなのだ。金銭抜きの精神論だけでは話が成り立たない。けど、金に関しては俺が口出すことやなかったかも。

「あの、すんません。出すぎたこと言いました」

率直に謝ると、いやいや、と水野は笑う。

「僕が思ってることを言えって言ったんだから全然いいよ。うん、そうだな。ソルトは休止でいいかも。考え直してみるね」

明るい物言いに、お願いします、と頭を下げる。

すると、笑いを収めた田沢が水野に視線を移した。

「映一が気に入ったっていうからどんな男かと思ったら、こういうことか。さすが水野、変わった人間を見つけてくる」

「ほんとシノちゃんて変わってるんですよね。ちなみにスカウトしたのは僕ですけど、見つけたのは僕の大学の先輩です」

二人のやりとりに、雄大はきょとんとした。

芸能界には変わった人間がごまんといる。変わった人間の集団が芸能界といってもいい。それに比べると俺は、どっこも何も変わってへんけど。

「篠倉」

呼んだのは田沢だ。壮年の男の落ち着きを映《うつ》した目が、まっすぐに見つめてくる。

こちらも笑みを消して向き直ると、彼は真顔で言った。

「これからも末長く、映一をよろしく頼む」


「雄大」

呼ばれて肩を揺すられる。映一の声だ。

「起きろ、帰るぞ」

んー、と雄大は生返事をした。瞼が重くてなかなか持ち上げられない。

それになんか映一の声、優しいし。

低い声が心地《ここち》好くて眠気が去らない。しかも爽《さわ》やかな香りまで漂ってきて気持ちがいい。

雄大、とまた呼ばれた。かと思うと耳に吐息がかかる。

「起きないと襲うぞ」

甘い囁きを耳に注《そそ》がれた瞬間、バチ、と反射的に目が開いた。

至近距離から映一が見つめてきて、わ、と声をあげてしまう。

「呑気《のんき》に寝てんじゃねぇよ。終わったから帰るぞ」

不機嫌ながらも、まだ端《はし》に優しさを残したままの声で言った映一を見上げる。

シャワーを浴びた後らしく、ジャージではなくシャツにジャケット、パンツという格好だ。

鼻腔《びこう》をくすぐった爽やかな香りは、映一の体から漂うボディソープのにおいだったらしい。

事務所での打ち合わせと取材を終え、会員制の高級ジムを訪れた。空調のきいたロッカールームのソファで映一を待っているうちに、いつのまにか眠りこけていたようだ。随分《ずいぶん》と時間が経《た》ったのか、他に人影はない。

「ごめん。お疲れさん」

慌てて立ち上がると、無言で上着を渡される。ありがと、と礼を言って袖《そで》を通した雄大は、映一が自分のバッグも持っていることに気付いた。

映一のバッグを持ったことは何度もあるが、持たれるのは初めてだ。

「あ、ごめん。持つわ」

「いいから」

短く応じて、映一は先に歩き出した。慌ててスラリとした後ろ姿を追う。

受付の前を通ると、映一についてくれている三十代半《なか》ばの男性トレーナーがいた。

ありがとうございました、お疲れさまです、とかけた声が、映一とぴたりと重なる。トレーナーと受付の女性は楽しげに破顔《はがん》して、と返してくれた。

なんとなく照れくさくてうつむき加減に足を速め、映一の横に並ぶ。

「カバン持ってくれてありがと。中に車のキー入ってるから」

手を差し出すと、映一は素直にバッグを渡してきた。

しばらく無言で並んで歩く。

そういうたら、二人だけになるん朝以来やな。

『ソルト』のツアーの打ち合わせは藤内と伊原の他、数人のスタッフと一緒だったし、事務所からジムへ移動する車には、ジムの近くのスタジオに用があるという水野を乗せたから、二人きりではなかった。

朝の打ち合わせで俺が言うたこと、映一はどう思たやろ。

ツアーの打ち合わせで顔を合わせた藤内と伊原とは、解散の話はしていないようだった。藤内にかまわれ、伊原にいじられ、不機嫌な表情を装《よそお》いつつも嬉しそうにしている映一を見て、やはり解散は避けてもらいたいと思ったことは言うまでもない。

とりあえず怒ってはいなかったようだが、時間が経過した今はどうか。

「あの、映一」

思い切って声をかける。

ん、という短い応《こた》えが返ってきたことに勇気を得て、雄大は一息に言った。

「今日は勝手なこと言うてごめんな。おまえがソルトのことどう思てるかわからんのに、俺の想像だけでいろいろ言うてしもて」

「別に。水野さんに言われたから言っただけだろ」

素っ気ない物言いに、そうやけど、と口ごもる。後で思ったのだが、自分のことを知ったかぶりであれこれ言われるのは、たとえ親しい間柄——恋人であっても嫌かもしれない。

映一、ともう一度呼ぼうとしたそのとき、雄大、と逆に呼ばれた。

「な、何？」

慌てて映一を見上げるが、彼は前を向いたままだった。

「おまえ、思ってることがあるんならもっと俺に言え」

「え、あ、うん」

「俺もこれから、おまえに相談するときもあると思う。特にアメリカにいる間は、水野さんが付きっきりでいてくれるわけじゃないしな」

淡々と言われて、え、と思わず声をあげる。

「けど俺、相談されても演技のことて全然わからんのやけど」

「バカ。おまえに専門的な相談なんかするわけないだろ。とにかく今日みたいに、おまえが思ってることを言えばいいいんだよ」

「……ん、わかった」

そんなんでええんかと疑問に思いつつも、雄大は一応頷いた。

ちらと映一を見上げるが、視線は返ってこない。

やっぱり怒ってるんやろか。

不安に思いつつ、駐車場に直結しているエレベーターに乗り込む。

すると、ふいに手を握られた。長い指がしっかりとからんでくる。

驚いて十センチほど上にある端整な面立ちを見上げたが、映一は頑固《がんこ》に目を合わせてくれなかった。まるで雄大を見たら負けだと思っているかのようだ。

「俺に関して思ってることだけじゃなくて、おまえのことももっと話せ」

「え、けど俺、ずっとおまえと一緒におるから、おまえと話すネタ被《かぶ》ってまうで」

思ったことをそのまま言っただけだったが、映一は大きなため息を落とした。

「ネタってなんだよ。そういう意味じゃねぇよ。小さいときのこととか、学生時代のこととか、

社会人になってからのこととか。おまえ自身のことを話せって言ってんの」

ぎゅ、と握った手に力をこめられて、雄大は瞬《まばた》きをした。

ひょっとして照れてんのやろか。いやでも、映一が照れるか？

半信半疑だったが、雄大は映一の手を握り返してみた。

するとまた、ぎゅうぎゅうと握られる。

十代の若者のような仕種のやりとりがくすぐったくて、おのずと頬が緩む。

「話すいうても俺の人生、平凡の極《きわ》みやからなあ。おまえに話せるようなおもろいネタは持ってへんわ」

「だから。おもしろいとかおもしろくないとか、そんなのどうでもいいって言ってるだろ」

「えー、どうせやったらおもろい方がええやろ」

「……今更だけど、おまえ大阪出身だったな」

「映一、おまえ大阪人に偏見《へんけん》持ってるやろ。言うとくけど、大阪以外に住んだことない俺の弟、無口で口下手《くちべた》やから」

「マジで？」

本気で驚いたらしい映一に笑っていると、エレベーターが地下に着いた。

つないだ手を離すのかと思いきや、映一はそのまま雄大の手を引っ張って歩き出す。

「ソルトのこと、嬉しかった」

ぽつりと言われて、え、と声をあげる。

「ありがとな」

続けられた言葉に、雄大はぽかんと口を開いた。

映一が俺に、ありがとうて言うた……。

彼の現場マネージャーになってから、礼を言われたのは初めてだ。

思わず足を止めると、映一がさも迷惑そうに顔を歪めて振り向く。

「なんだよ、急に止まるな。行くぞ」

ぐいとまた手を引かれ、よろよろとついて行く。反対に、映一は乱暴なほど早足で歩く。

まだ呆然としながら、雄大は振り返らない広い背中を見つめた。

映一、耳赤い……。

たぶん、俺も耳まで赤い。

ひんやりとした初春の外気が殊更《ことさら》冷たく感じられるのは、顔が火照《ほて》っている証拠だ。

否、火照っているのは顔だけではない。

顔よりも、映一にしっかりと握られた手、そして胸の奥がひどく熱かった。

翌日は、ドラマの台本の読み合わせだった。

去年の夏、映一《えいいち》が主演した連続ドラマが好評で、単発の二時間ドラマとして復活することになったのだ。脚本家と監督をはじめとするスタッフはもちろん、ゲスト出演の俳優以外は気心の知れたキャストばかりなので、映一も幾分《いくぶん》かリラックスしているようだった。

芸能界の仕事は才能も大事だが、人間関係も大事だとつくづく思う。たとえ才能があっても、人とうまくやっていけなければ、一時期は売れても結局は干《ほ》されてしまう。

まあ、どんな仕事でも一緒か。

イヤフォンで英会話を聞きながら、雄大《ゆうだい》は周囲を見まわした。

テレビ局のスタジオを出たところに設《もう》けられた休憩《きゅうけい》スペースでタレントを待っているのは、雄大だけではない。豪華キャストが売りのドラマだけあって、他の俳優のマネージャーもいる。誰かと電話で話し込んでいる者、一心不乱にメールを打っている者、マネージャー同士で話している者、忙しくて疲れているのか眠っている者、様々だ。

去年の撮影のときと同じ顔ぶれかといえば、半分ぐらいは知らない人である。別のタレントに配置換えになった者もいるのだろうが、辞《や》めた者も少なからずいるのだろう。マネージャーという仕事、特にタレントと行動を共にする現場マネージャーの仕事は、なかなか続かないと水野《みずの》が言っていた。芸能事務所の社員といえば聞こえはいいが、売れているタレントほど休めないし、勤務時間もまちまちだからだ。その上、タレントに気を配り、更に周囲にも気を遣わなければいけないのだから、相当な激務である。

俺も映一以外についてたら、どうなってたやろ。

体力はある。多少のわがままには応《こた》えられる自信もある。

もしかしたら続いていたかもしれない。

しかし、今ほど熱心にサポートしようとは思わなかっただろう。

昨夜《ゆうべ》も自宅アパートには戻らず、映一のマンションで一夜をすごした。忙しくてアパートに帰っている時間が惜《お》しいということもあるが、なによりも映一に泊まれと命じられるので、最近の雄大は彼と一緒に暮らしているようなものだ。客間が自室のようになっていて、着替え等の生活に必要な物もそろっている。

ここ数ヵ月で、セックスをしないときでも一緒に眠ることが習慣になっているため、映一のベッドで休んだ。映一の腕の中にすっぽり収まって眠ると、抱き枕になったような気分になる。抱きしめられるというより、しがみつかれているようで、愛《いと》しさが込み上げてくるのだ。

しかし昨夜は抱きしめられている感じがした。強引に自分の胸元へ引き寄せるのではなく、雄大を包むように映一から体を寄せてきたからかもしれない。

嬉しかったけれど、映一らしくないと思う。

そういえば昨夜、初めて手を握られた。礼も言われた。いつもと違うことだらけで、恥ずかしいような不安なような、なんとも言えない気持ちになる。

映一、なんかあったんやろか。

端整《たんせい》な面立《おもだ》ちを脳裏《のうり》に浮かべた雄大は、イヤフォンから耳に直接流れ込んでくる英会話そっちのけで映一について考えている自分に気付き、苦笑した。

映一のことを考えてへん時間て、ないんとちゃうやろか。

人の気配がしてふと視線を上げると、見覚えのある男が通りがかった。先週、映一が出演した音楽番組のプロデューサーだ。『ソルト』としての出演だったので、映一個人のマネージャーである雄大のことは覚えていないかもしれないが、挨拶《あいさつ》しておいた方がいいだろう。

目が合ったのを機に、イヤフォンをはずして立ち上がる。

お疲れさまですと挨拶をする前に、彼の方がニコニコと笑みを浮かべて歩み寄ってきた。

「や、どうもどうも！　この前はお世話になりました！　おかげさまでソルトが出てる時間の瞬間視聴率、凄《すご》くよかったんですよ！　二十ですよ二十！」

「そうなんですか、よかったです。こちらこそお世話になりました」

同じく笑みを浮かべて応じると、彼は首を傾《かし》げた。

「今日は何？　あ、ドラマか！　鷲津《わしづ》君、大活躍だね」

「おかげさまで、ありがとうございます」

「歌の方も、またぜひお願いしますね。鷲津君と藤内《ふじうち》君と伊原《いはら》君、それから水野さんにもよろしくお伝えください」

親しげに肩を叩かれて戸惑いつつも、はいと頷く。

「こちらこそ、これからもソルトをよろしくお願いします」

「いやいやそんな、こっちこそ。忙しいのに邪魔してごめんね。それじゃまた！」

プロデューサーはペコリと頭を下げ、足取りも軽《かろ》やかに去ってゆく。

あの人、けっこう有名やったよな……。

四十歳前後の彼は、プロデューサーとしては大物だ。そんな男が雄大の顔を覚えていて、自《みずか》ら挨拶してきた。しかも頭を下げた。昨日、水野が言っていた『勘違いバカ』というのは恐らく、こうしたときに生まれるのだろう。

自分の中に少しも高揚が生まれなかったこと、それどころか冷めた感覚があるのを確認して、雄大はほっと息をついた。

俺は勘違いバカにはならんみたいや。

ふいに賑《にぎ》やかな話し声が聞こえてきて、ハッとする。イヤフォンをバッグにしまって腕時計を見下ろすと、ちょうど昼だった。予定よりわずかに遅れたが、休憩に入ったらしい。

「それほんまですかあ？　怪しいなあ」

「いやいや、ほんとだって！　映一は信じてくれるよな、な！」

「信じますよ、もちろん」

「ほら、信じるって！　モモ、おまえは疑《うたぐ》り深いんだよ」

連れ立って歩いてきたのは映一と中年の個性派俳優、そして同じ事務所に所属する百瀬統也《ももせとうや》だ。三人が並んでいると、それだけでドラマが始まりそうな空気が漂《ただよ》う。

お疲れさまです、と三人に頭を下げると、おー、篠倉《しのくら》君！　と百瀬がニッコリ笑みを浮かべた。ズカズカと歩み寄ってきた彼は、躊躇《ちゅうちょ》なく雄大の肩を抱く。

「久しぶりやな、元気やったか？」

「はい、おかげさまで」

「今度映一と飲み行くとき、篠倉君も一緒においでや。何回も連れてこい言うてんのに、こいつ嫌ですの一点張りやねん。腹立つわー」

百瀬は雄大の肩に腕をまわしたまま、映一をじろりとにらむ。

夏に放送された連続ドラマの共演をきっかけに、映一は百瀬と飲み友達になった。今もたまに百瀬に誘われて出かけていく。特に喜んでいる風ではなく、どちらかといえば渋々といった感じなのに、仕事がない限り断らないのがおかしい。

当の映一は軽く首をすくめてみせた。

「マネージャーと飲みに行ったって、おもしろくないでしょう」

「そんなことないで。おまえの失敗談とか聞けるかもしれんやんか。なあ、篠倉君」

百瀬に至近距離で覗き込まれ、雄大は苦笑した。彼がこうして親しげな振る舞いをするのは、わざとだ。百瀬は雄大が映一の恋人だと知っている、数少ない人間である。だからこうして雄大にちょっかいをかけては映一をからかう。

百瀬さんは俺らで遊んでるだけやて、と何度も言っているのだが、映一は律儀《りちぎ》に腹を立てる。いわく、遊んでても遊んでなくても、おまえにベタベタ触んのが腹立つ。

今回もまた百瀬の策略《さくりゃく》にまんまとはまったらしく、映一はわずかに頬をひきつらせた。

うわ、めっちゃムカついてる。

内心ハラハラしていると、一連のやりとりを笑って見ていた個性派俳優が、あ、とふいに声をあげた。

「マネージャー君がここにいるってことは、映一、おまえ昼に取材入ってんのか」

俳優の問いに、はい、と映一は気を取り直したように頷く。

「じゃあ昼飯食いに行くのは無理だなあ。仕方ない、夜だ夜！　今日は飲みに行くぞ！　そんじゃ行くか、モモ！」

「行きましょう行きましょう」

楽しげに応じた百瀬は、ようやく雄大から離れた。悪戯《いたずら》小僧のような笑みを向けられ、やはり苦笑で返す。

百瀬さんなりに映一を気にかけてくれてはるんはわかるけど、この後が大変なんやって。

機嫌が悪くなった映一に八つ当たりされるのは雄大なのだ。

後でな、と笑顔で手を振る二人に頭を下げる。

横で手を振り返していた映一が、軽く息を吐く気配がした。

「お疲れさん」

労《ねぎら》いの言葉をかけると、ん、と応じる。くっつかれてんじゃねぇよと文句が出るかと思ったが、映一が口にしたのは、ぶっきらぼうながらも全く別の質問だった。

「取材は飯食う前？　食った後？」

「食う前や。一階のカフェに予約とってあるから」

拍子抜《ひょうしぬ》けしつつ答えると、そうか、と映一は頷いた。

それきり何も言わず、スタスタと歩き出した彼に、慌てて追いつく。

見上げた横顔は見事な仏頂面《ぶっちょうづら》だった。かなりムッとしているようだが、珍しくそれを雄大にぶつけてこない。

「ちょ、映一、その顔で取材受けたらあかんで」

「その顔ってどんな顔だよ」

「めっちゃ怖い顔。何回も言うけど、百瀬さんのあれは遊びやから」

宥《なだ》めた甲斐もなく、映一はやはり不機嫌そのものの口調で答えた。

「そんなことわかってるよ。わかっててもムカつくもんはムカつくんだ。おまえも毎回毎回、触られてへらへらしてんじゃねぇ」

ようやくいつものように、きつい視線でにらまれる。

どこかほっとしながら、雄大は同じぐらい強い視線を返した。

「へらへらなんかしてへん」

「してるだろうが。だいたいおまえは」

すかさず言い返した映一だったが、正面から人が歩いてきたためか口を噤《つぐ》んだ。逆立《さかだ》つ気持ちを治めるように、大きく息を吐く。

やがて彼の口から出てきたのは、比較的落ち着いた声だった。

「――音楽雑誌の取材だったな」

「あ、うん。三十分の予定や。昨日も言うたけどマイベストソングていうコーナーの取材で、おまえが今まで聴いてきた音楽と、今よう聴いてる音楽について聞かれるだけやから」

来月に発売される予定の『ソルト』のベストアルバムに合わせて受ける取材だ。バックナンバーで記事を読んで予測した質問の内容は、事前に映一に伝えてある。

わかってる、と応じた映一の顔からは、今し方までの険《けわ》しい表情は消えていた。もう取材モードに入ったらしい。いつもより切り替えが早い。

音楽、ドラマ、映画、恋愛。様々な種類の取材に対して、こういう趣旨《しゅし》で答えようと概略《がいりゃく》は決めてあるが、最終的には映一が自分の言葉で話す。取材に同席する度《たび》、雄大は映一の受け答えに感心する。生のインタビューのときは当然といえば当然だが、予想外の質問がくることもある。それでも映一は、慌てたり感情的になったりしない。

現場マネージャーになったばかりの頃は、自分に対する態度と取材中の態度があまりに違うので、カッコつけやがって、と反感を覚えたものだが、彼を恋愛対象として意識するようになってから見方が変わった。よくよく聞いていると、何気なく発せられた言葉でも、実は熟考《じゅっこう》の上に出てきているとわかる。だからこそ、言葉が上滑《うわすべ》りしない。説得力がある。

ほんま、若いのに凄《すご》いよな。

恋人としてよりも、一人の才能ある俳優として尊敬してしまう。

その俳優を支える立場にあることが、素直に嬉しい。

「映一、これ」

エレベーターを待っている間に、雄大は栄養補助のゼリーを差し出した。もちろんキャップをとり、すぐ飲める状態にしたものだ。

バッグの中にはゼリーだけでなく、映一の好きな菓子をはじめ、寒いときに羽織《はお》る上着や洗面道具、ソーイングセットまで、へたをすると何泊か旅行ができるぐらい様々な物が入っている。映一のわがままに応えるうちに、自然とこうなった。

「取材中コーヒーぐらいは飲めると思うけど、腹が鳴ったらあかんから飲んどけ」

「……四次元ポケット」

「は？」

「いや。おまえのバッグがやたら重いのは、そういうことなんだな」

つぶやいてゼリーを受け取った映一は、その場で一気に飲み干した。空《から》になったパックを無《む》造作《ぞうさ》に雄大に渡す。

「昼飯はそのままカフェで食うのか」

「うん。予約の確認したときメニュー見たら、おまえの好きなクラムチャウダーが新メニューで入っとったで」

以前、午後から半日オフだったとき、スーパーであさりが安く売られていたのでチャウダーを作ってやった。どうやら初めて食べたらしく、気に入ったと珍しくはっきり言ったのだ。

せっかくの情報だったのに、映一はふうんと興味なさげに頷く。

「わざわざ外で食べなくても、おまえが作るのでいいけどな」

「すんませんね、最近作ってへんくて。あれ、けっこう時間かかるんや」

「今度のオフに作れ」

エレベーターに乗り込みながら言われて、はいはいと頷く。

「オフて当分ないから、いつになるかわからんけどな」

「いいから作れ。おまえが作ったの以外は食べたくない」

偉そうな物言いに、深く考えずにはいはいと頷いてしまってから、雄大はハタと我に返った。

俺以外が作ったのは食べたないて、物凄い恥ずかしいセリフやないか？

みるみるうちに頬が熱くなるのを感じながら、ちらと映一を見遣《みや》る。幸か不幸か、エレベーターの中に二人きりだ。

ふいに映一の手が伸びてきて、くしゃりと髪を撫《な》でた。

直後、エレベーターが一階に着く。同時に、頭に触れていた大きな手が離れた。

そのまま無言でエレベーターを降りていく映一を、雄大は茫然《ぼうぜん》と見つめた。無意識のうちに、撫でられた頭に手をやる。

なんか知らんけど、映一がめちゃめちゃ優しい……！


「ちょっと頭撫でられたぐらいでめちゃめちゃ優しいって、普段どんだけ冷たくされてんのよ。不憫《ふびん》なコねえ」

あきれた、という風に首をすくめたのはフミさんだ。会社帰りらしく、筋骨隆々《きんこつりゅうりゅう》の逞《たくま》しい体はグレーのスーツに包まれているが、ネクタイは淡いピンク色である。以前は寒色系のネクタイしかしていなかったから新鮮だ。

場所はかつてのバイト先である居酒屋『まんぷく屋』の、厨房《ちゅうぼう》の横にある座敷である。広くはないが温かみのある店内は、今日も酔客《すいきゃく》で賑《にぎ》わっている。

座敷にいるのは、雄大とフミさんだけだ。本当はフミさんの恋人も来る予定だったのだが、急な仕事が入ってキャンセルになってしまったらしい。

「そしたらフミさんは、カレシさんのどういう行動を優しいて思うんですか」

そうねえ、と首を傾げたフミさんは、たちまち頰を染《そ》めて乙女の表情になった。

「お休みの日にちょっと疲れたなって思ってると、疲れたって言ってないのにご飯作ってくれたり、お茶入れてくれたり？　ほら、アタシ花柄が好きじゃない？　誕生日とかじゃなくても、すっごくかわいい花柄のスカーフとか買ってきてくれるの。あ、ちなみにこのネクタイもサトシ君のプレゼントなのよ。きれいな桜色がアタシに似合うと思ったんだって！　それからねえ」

「あー、ストップストップ。もういいです」

延々《えんえん》と続くノロケに、雄大は音《ね》をあげた。

フミさんはムッとしたように眉を寄せる。

「なによ、シノが聞いてきたんじゃない」

「そうですけど、そんな盛大《せいだい》にノロけられるとは思わんかったから」

「やーねー、ノロけてないわよう。ほんとのことを言っただけ！」

ハートマークがいくつも飛びそうな嬉しげな笑みを浮かべ、フミさんは雄大の背中を思い切り叩いた。ビールを飲んでいた雄大は、ごほごほとむせる。

フミさんが水野の紹介で、デザイン会社を営《いとな》む男と会ったのは約半年前だ。四十一歳のフミさんより三つ年下のその男は、『まんぷく屋』でフミさんと二時間ほどすごし、その人柄に大いに惹《ひ》かれたらしい。もしよかったら、また会ってもらえますか。別れ際《ぎわ》、真剣な面持《おもも》ちでそう言われて、フミさんは頷いたそうだ。

ほんとはね、いい人だなって思ったけど、店長への気持ちがやっぱり吹っ切れなくて。もし相手の人がアタシを気に入ってくれたとしても、お断りしようと思ってたの。でも、物凄く緊張してるサトシ君を目の前にしたら、なんだかじーんとしちゃって。

以前、『まんぷく屋』で顔を合わせた雄大に、フミさんはそんな風に話した。

仕事帰りに待ち合わせて飲むようになった二人は、やがて休日にも会うようになったという。カフェでランチを食べた後で散歩、フミさんの手作り弁当を持ってピクニック、というほのぼのとしたデートを重ね、自然と恋人として付き合うようになったそうだ。

店長に片想いをしていたとき、辛《つら》そうにしていたのを知っているので、フミさんが幸せになってくれて雄大も嬉しい。

しかしとにかく今は、映一の変化が気がかりだ。

ビールで喉《のど》を潤《うるお》した雄大は、恋人をかばった。

「そら俺はデートしたことないし、プレゼントももろたことないですけど、せやからって冷たいわけやないんです。優しいとこもあるんですよ。ただ、ああいうストレートな表現をする奴やないからびっくりして」

映一が百瀬らと飲みに行ったのは一昨日《おととい》のことだ。先にマンションに帰ってろと言われて、迎えは？　と尋ねると、タクシーで適当に帰るからいいと断られた。それ自体は今までにも何度かあったので、特別驚くことではない。

しかし夜中に帰ってきた映一には驚かされた。なにしろ唇の端に軽くキスをされただけで、それ以上は何もされなかったのだ。今帰った、と柔らかい声で告げられ、寝ぼけ眼《まなこ》でおかえりと返すと、映一はそれきり部屋を出て行ってしまった。眠っている最中にキスで起こされたときは、決まって情事になだれこんでいたから、呆気《あっけ》にとられた。

「昨日は昨日で、歩いて移動してるときに携帯に電話がかかってきたんですけど、俺が歩きながらメモとってたら荷物持とうとするし」

携帯電話を顎《あご》と肩で挟《はさ》んで手帳にメモしていると、映一が反対の肩にかけていたバッグを持ち上げた。驚いて、持たんでええからと目で訴《うった》えたが、無視された。結局彼は電話を終えるまで、バッグの重みが雄大の肩にかからないように支え続けた。そんなことをされたのは初めてだった。

「おかしいですよ。何かある」

真剣に言うと、フミさんは広い肩をすくめた。

「それって優しいとかじゃなくて普通の気遣いじゃない？　アタシだったら友達でも持ってあげるけど」

「や、あいつに限っては普通やないんです。今日も撮影が予定より早《は》よ終わったんですけど、いつもやったら絶対飯作れて言うのに、久しぶりに店長さんの顔見に行って来いて送り出してくれるし。何やろ、あれ。うわー、なんか怖い」

慣れない優しさの反動で、物凄い勢いでわがままを言われそうな気がする。雄大としては正直、わがままを言われた方が安心できるが、あまり度をすぎるのは困る。

「怖いって、アンタねえ」

ふろふき大根を口に運びつつ、フミさんは苦笑した。

「せっかく優しくしてくれてるのに、そんな風に言っちゃかわいそうでしょ。単にアンタが好きでたまらなくて、優しくしたくなっただけなんじゃないの？」

「それやったら最初から優しいしたらええと思うんですけどね……」

映一はかなり早い段階で雄大を恋愛対象として見ていたらしいが、優しくされたことはなかった。出会ったばかりの彼は、むしろ今よりずっとわがままで傍若無人《ぼうじゃくぶじん》だったと思う。そもそも映一は雄大に好きだと言ったことすらないのだ。

まあ俺男やし、別に言うてくれんでもええけど。

映一が好いてくれているのは、側《そば》にいればわかる。あきれるほど遠まわりで不器用だが、確かな優しさが感じられるからだ。だからこそ、ここ数日のようにわかりやすい表現をされたり、わがままを抑《おさ》えたりされると、嬉しい反面、戸惑ってしまう。

「何があったんやろ。やっぱり直接聞いてみた方がええよな」

思っていることがあるなら言えと言ったのは映一だ。

我知らずつぶやいていると、ふふ、とフミさんが笑う。ジョッキ片手にこちらを見遣る視線は、なぜか楽しそうだ。

「なんですか?」

「凄く好きなんだなあって思って」

「好きて?」

「アンタがカレを、よ。凄く好きなのね」

「凄くて、そんな別に俺は」

慌てて否定しかけたものの、口を噤《つぐ》む。言葉を発するより先に、顔中が真っ赤になってしまったからだ。

フミさんはまた楽しげに笑う。

「いいじゃない、凄く好きでも。恋人なんだから」

「そうですけど……」

口ごもった雄大は、恋人として付き合い始めた頃より、映一への想いが深くなっていることに気付いた。

この座敷で映一を想って泣いたことは記憶に新しい。映一を傷つけた自分の身勝手が嫌で腹が立って、映一と離れてしまったことが悲しくて辛《つら》くて、一生泣きやめないかもしれないと不安になるぐらい、涙があふれて止まらなかった。どうしても好きなのだと、心の底から思った。

今は、好きという言葉では足りない。

凄く好きていうか、愛してるっていうか。

――愛してるて何やねん！

ごく自然に頭に浮かんだ言葉に猛烈な羞恥《しゅうち》が湧いてきて、雄大は思わず頭を抱《かか》えた。恥ずかしすぎる。穴があったら入りたい。

「失礼します、フミさん。飲んでるか、シノ」

入口からふいに店長に声をかけられて、弾《はじ》かれたように顔を上げる。

店長は目を丸くしてこちらを見た。

「どうした、顔真っ赤だぞ。そんなに飲んだか？」

「いえ！　あの、今日はまわるんが早いみたいで！」

ハハハ、と笑ってごまかすと、フミさんが横からフォローしてくれる。

「大丈夫よ、店長。でも今日はもう飲まない方がいいかもね。シメのお茶漬《ちゃづ》け持ってきてやってくれるかしら」

「はいよ。シノ、鮭《さけ》と梅、どっちがいい？」

「あ、鮭でお願いします」

はいよ、と再び明るい声で応じて、店長は厨房の方へ消えた。

彼を見送るフミさんの顔に懐《なつ》かしむような表情はあっても、切ない表情はない。本当に吹っ切れたようだ。

他人事《ひとごと》ながらほっとしていると、フミさんはこちらに視線を移した。雄大が見守っていたことに気付いたらしく、照れたように首をすぼめる。かと思うと、ポン、と雄大の肩を優しく叩いた。

「お茶漬け食べたらさっさと帰んなさい。アンタの恋人、きっとアンタを待ってるわよ」


見下ろした腕時計は、午後十時をさしていた。アパートじゃなくてこっちへ帰ってこいと、それだけははっきり言われていたので、映一のマンションへ帰ってきたのだが。

待ってるかな、映一。

それとも、このところあまり睡眠時間がとれていなかったから、明日の撮影に備《そな》えて早めに就寝《しゅうしん》しているだろうか。

「ただいまー」

玄関のドアを開けて中へ入った雄大は、一応声をかけた。

返事はない。

足音を忍ばせてリビングの方へ歩いていくと、明かりが漏《も》れていた。起きているようだ。

「ただいま、映一」

もう一度言ってドアを開ける。想像していた通り、映一はソファに腰かけていた。雄大を待っていたというより、明日のドラマの撮影の台本をチェックしていたようだ。

まあまだ十時やし、寝るのは早いよな。

あまりアルコールが入っていなかったせいだろう、初春の夜気で冷えてしまった体に、ほどよくきいた暖房が心地好い。思わずほっと息をつくと、映一は台本を閉じた。

「あ、ごめん。俺のことは気にせんと続けてくれ」

「休憩しようと思ってたところだからいい。それより早かったな」

「ああ、うん。明日も早いし、あんまり遅《おそ》なってもあかん思《おも》て。お茶入れよか？」

ん、と映一が頷いたのを確認して、雄大はリビングに隣接《りんせつ》したキッチンへ向かった。

上着を脱いで手を洗いながら、ソファにいる映一に視線を移す。

台本とマーカーをローテーブルに置いている映一は、いつも通りだ。特に変わったところはないように見える。

「店長さん、元気だったか？」

ふいに問われて、雄大は慌てて目をそらした。

「元気やった。店も相変わらず繁盛《はんじょう》しとったしな。今日は偶然フミさんも来てはって、一緒に飲んだんや。フミさんも元気やったわ」

「そうか」

「久しぶりに店長とフミさんに会えて嬉しかった。ありがとうな、映一」

「別に礼を言われるようなことはしてない」

ぶっきらぼうな物言いだったが、頬が緩《ゆる》んだ。意地っ張りなところは今まで通りだ。

せっかく二人きりやし時間あるし、何があったんか聞いてみるか。

映一のことだから、尋ねても答えない可能性もあるが、ヒントぐらいは得られるかもしれない。何にせよ、自分一人で考えているより直接尋ねた方がずっと建設的だ。

「なあ、映一」

茶を入れながらさりげなく呼ぶと、何、と素っ気《そっけ》ない応えが返ってきた。

「おまえ、最近何かあったか？」

「何かって？」

「何て、えーと、めっちゃびっくりしたこととか、あと……、心を動かされるていうか、感情を揺さぶられるようなこととか？」

問い返されるとは思わなかったので、しどろもどろな口調になってしまう。

こんな言い方したら、俺のが何かあったみたいやないか。

茶を注《つ》いだ湯のみをトレイに載《の》せつつ、ちらと映一を見遣る。

すると、彼はじっとこちらを見つめていた。切れ長の双眸《そうぼう》から放《はな》たれる視線は鋭《するど》い。

うわ、やっぱり変に思われたか。

どうやってごまかそうかと必死で考えていると、映一の方が尋ねてきた。

「何でそんなこと聞くんだ」

「え、や、ほら！　なんかおまえ最近、優しいから！」

「優しい？　俺が？」

厭味《いやみ》ではなく本当に疑問に思ったらしく、映一は眉を寄せる。

雄大はといえば、映一が無自覚だったことに驚いた。

自分でも気付かんぐらい自然な変化やったてことか？

——それにしては変わりすぎのような気がするけれど。

「前に比べたらわがまま言わんやろ。それに俺のことも気ぃ遣《つこ》てくれるし」

トレイを手に映一の元へ歩み寄り、表情を窺《うかが》う。

映一は寄せた眉をそのままに、ひどく難しい顔をしていた。雄大からローテーブルへ移った視線は、しかしテーブルではなく己《おのれ》の内側に向けられているようだ。

映一が大事なことを考えている気がして、雄大は口を噤んだ。邪魔をしない方がいい雰囲気だ。何も言わずに湯のみをテーブルに置く。

トレイを片付けようとキッチンへ戻りかけると、雄大、と呼ばれた。

「片付けんのは後にしろ」

「けど」

「いいから座れ」

「……うん」

映一の隣に腰を下ろすと同時に、強い力で抱き寄せられた。トレイがフローリングの床に落ち、派手な音をたてる。

驚いて、映一？　と呼んだ唇を塞《ふさ》がれた。

すかさず侵入《しんにゅう》してきた舌が、口内を熱心に愛撫《あいぶ》し始める。

「ん、ん」

感じるところを狙《ねら》った情熱的なキスに、あっという間に体から力が抜けた。ほとんど無意識のうちに舌を差し出して応じると、体重をかけられ、広いソファに押し倒される。その間もキスは続く。角度を変えて息を継《つ》がせながら、映一は淫《みだ》らな水音をたてて雄大の唇を貪《むさぼ》った。

何や急に。ここ何日かしてへんから溜《た》まってんのか？

ていうか、何かあったんかていう俺の質問の答えはどうなったんや。

一瞬、そんな考えが頭をよぎったが、濃厚《のうこう》なキスに負けてすぐに霧散《むさん》する。

早くも体が熱くなってきているのを感じていると、映一がベルトを慣れた仕種で引き抜いた。躊躇《ためら》うことなくジッパーを下ろし、下着の中へ手を入れてくる。

「は、あ」

直接握られ、あまりに強い刺激に顎《あご》が上がった。

その拍子に、深く結び合わされていた唇が離れる。

互いをつないだ細い糸をたどった映一の舌が、痺《しび》れたようになっている舌を舐《な》めた。ぞくぞくと背筋から腰にかけて寒気にも似た快感が走って、全身が震える。

「すげぇ、もう濡れてんな」

情欲に濡れた低い声が、嬉しそうにつぶやく。

「そういう、こと、言うな」

「ほんとのことだろうが。ほら、こんなに」

映一が手を動かすと同時に、淫らな水音があふれた。愛撫されたことで零《こぼ》れた新たな雫《しずく》が、その音を更に大きなものにする。

耳まで映一に侵《おか》されているようで、雄大は緩く頭を振って喘《あえ》いだ。

窮屈《きゅうくつ》な下着の中に収まった状態で施《ほどこ》される愛撫は、布が擦《こす》れる感触も手伝って、ひどく淫《いん》靡《び》だ。映一に触られているという意識が余計《よけい》に感じやすくするのか、自然と腰が揺れてしまう。

両の脚が愛撫を受け入れやすいように大きく開く。

「あ、あぁ」

堪えきれずに甘い声を漏らすと、もう片方の手でシャツのボタンをはずされた。

布の下で既に硬く色づいていた胸の尖《とが》りを、ぎゅ、と強くつまれる。

「や、映一」

「嫌じゃないだろ」

言うなり、映一は再び雄大の唇を塞いだ。今度は優しく口腔《こうこう》を探られる。しかし劣情《れつじょう》を愛撫する手の動きは激しい。

熱い。気持ちいい。我慢できない。

いく、と告げた声はしかし、映一の唇に吸いとられてしまう。

「んっ、ん――……!」

口内に映一の舌を受け入れたまま、雄大は達した。陸に上がった魚のように、下肢《かし》が幾度《いくど》も跳ねる。解放の余韻《よいん》に、ん、ん、と断続的に喉《のど》が鳴る。

すると、映一はようやく唇を離した。必死で息を吸っている間に、唇の端からあふれた唾液《だえき》を映一の舌が舐め取る。濡れた感触と熱い吐息が肌を這《は》い、またしても艶《つや》めいた声をあげてしまう。

何か、いつもとちゃう。

真っ白になった頭で、ぼんやりと考える。

映一のセックスは、もっと乱暴だ。雄大の快楽をおろそかするわけではないが、どちらかといえば、雄大が彼のペースに合わせている。いや、強引に合わせさせられていると言った方がいいかもしれない。映一の快楽に引っ張られ、こちらも感じさせられて乱れさせられるのだ。けど今は、俺中心っていうか……。

はじめは強引だったものの、いつものように無理矢理引きずられる感じがしない。

全身を満たす快楽にうっとり浸《ひた》っていると、映一は着ていたTシャツを一気に脱ぎ捨てた。

やや荒っぽい仕種《しぐさ》で、雄大のスラックスも下着ごと取り払う。

布が擦れる感触に、ひく、と足先が跳ねたことに気付いたのか、映一はおもむろに雄大の足首をつかみ、己の肩へと導いた。片方の脚だけを高く抱え上げられ、奥まった場所が露《あらわ》になる。

映一、入れるつもりや。

いつもなら、ソファが汚れるからここではあかん、と抗議するところだが、なぜか今は言葉が出てこなかった。ただ喘いで映一を見上げる。

「な、雄大」

囁いた映一の指が、ためらうことなくその場所に触れた。

雄大が放ったもので濡れた指が、中へ入ってくる。

「今日は、ゴムなしで入れるから」

「ん、なん、で」

狭い場所を拡げられる感触に、息を乱しながら尋ねる。思えば、最初のセックスから今まで、いつもゴムをつけていた。直接入れられたことは一度もない。

「ちゃんと後始末してやるから。いいな？」

質問には答えず、映一は指を増やす。

「あ、あ」

貫《つらぬ》かれる喜びを熟知しているそこは、指で蕩《とろ》かされるまでもなく熱をもっていた。これから映一の欲望を飲み込むのだという期待のせいだろう、内部が淫らに収縮《しゅうしゅく》する。

その動きに気付いたらしく、映一は更に指を足した。堪《こら》えきれずに声をあげた雄大にかまわず、容赦《ようしゃ》なくかき乱す。

指を入れられた場所がどろどろに溶けてゆくような錯覚《さっかく》に、吐く息が甘く蕩けた。先ほど達したばかりの己が、触れられてもいないのに再び頭をもたげる。

「映一、映一」

恋人の名を呼び、先をねだる。

いつもはねだる前に入れられるから、こんな風に呼ぶのは初めてだ。

「入れるぞ」

何度も頷くと、指が引き抜かれた。

びく、と跳ねた腰をつかまれ、間を置かずに押し入られる。

「あっ、んん」

灼熱《しゃくねつ》の塊《かたまり》に一息に貫かれ、雄大はきつく目を閉じた。痛みはない。が、ゴムをつけていないせいか、体内を押し開くそれが火傷《やけど》しそうなほど熱く感じられる。

一方の映一は、つながっただけでは満足できなかったらしい。雄大の腰をつかんでいた手を背中にまわし、結合を更に強固にする。

「あぁ……！」

かなり深いところまで侵される感覚に耐え切れず、雄大は映一にしがみついた。肩に手をまわし、そのまま首筋にすがりつく。

すると、映一は満足げなため息を落とした。すぐにでも動くのかと思ったが、まるで居心地を確かめるように、ただじっとしている。

凄い、熱い。焼《や》け焦《こ》げそう。

受け入れた映一のものが充分高ぶっているのが、つながった場所から直《じか》に伝わってくる。にもかかわらず、待っても待っても映一は動かない。

何で。

望んだ刺激を与えてもらえないそこが、意志とは関係なく映一をしめつけた。映一に負けず劣《おと》らす高ぶった劣情が、己の腹に淫らな液体を滴《したた》らせる。

そうした雄大の体の変化に気付いているはずなのに、映一はやはり動こうとしない。

あまりのもどかしさに、雄大は頭を振った。

「映一、もう、も」

「動くな。もうちょっと……、このままでいろ」

情欲に掠《かす》れた声が命令する。相当我慢しているとわかる声だ。

「や、何で」

「おまえん中に、いたいんだよ」

熱い吐息共に告げられた言葉に、背筋に電流のような快感が走った。湧《わ》き上《あ》がってきた歓喜と愛《いと》しさが指先にまで波及《はきゅう》する。当然、それはつながった場所にも伝わり、内壁《ないへき》が映一を艶《なま》めかしく愛撫した。

その動きだけでひどく感じてしまって嬌声をあげると、映一が喉を鳴らす。

「……ッバカ、しめんな」

「やって、もう、我慢、できん」

正直に告げた途端、ぼろぼろ、と涙がこぼれ落ちた。

それが合図になったように、既にほとんど失われていた理性が完全に消し飛ぶ。

「はぁ、は、あぁ」

雄大は映一の首筋にしがみついて自ら腰を振った。

が、上から体重をかけられている上に、きつく抱きしめられた体勢のせいで、思うようには動けない。しかも映一はじっとしたままだったので、粘着質《ねんちゃくしつ》な水音が微《かす》かに漏《も》れただけだ。

望んだ刺激の十分の一も得られず、雄大はすすり泣いた。

「や、動いて」

「っ、コラ、じっとしてろ」

「嫌や、もう、や」

みっともないとわかっていたけれど、泣き言も涙も腰の動きも止められない。嫌や、して、とくり返しながら、映一の広い背中をまさぐる。

すると、映一が鋭い舌打ちをした。

「おまえ、エロすぎ……。もうちょっと、我慢しろって」

「おまえ、が、ん、んっ……、こんなに、したん、やろ」

ひく、としゃくり上げながら抗議する。事実、映一に抱かれるまでは、自分がこんな風にあられもなく乱れるなんて想像もしていなかったのだ。

「早よ、して、映一」

もはや羞恥《しゅうち》を感じる余裕もなく、映一の耳元でねだる。

「……くそ!」

低い声で怒鳴《どな》ると、映一はようやく動き出した。

激しいが、乱暴ではない動きで感じる場所を的確《てきかく》に突かれ、色を帯《お》びた声があふれる。気持ちがよすぎて、下肢が蕩《とろ》けてなくなってしまったような錯覚《さっかく》に陥《おちい》る。

「あ、あ……!」

幾度目かの律動《りつどう》で、雄大は堪えきれずに極《きわ》まってしまった。

しかし映一は止まることなく動き続ける。ローションやジェルを使っていないのに、絶え間《たま》なく淫靡《いんび》な水音がするのは、映一の劣情《れつじょう》からあふれたもののせいだろう。

快感に浸《ひた》る暇もなく、思う様揺さぶられる。達しながら中をかき乱されるのは初めてで、感じるままに声をあげて身悶《みもだ》えるしかない。

「や、あ、そんな、したら、嫌や」

「何で……、して、ほしいんだろ」

「けど、ん、おかし、なる、からっ……」

「いいぞ、なれよ」

荒い息の合間を縫《ぬ》って命令したかと思うと、映一は雄大が感じる場所を強く擦り上げた。

襲いかかってきた強烈な快感に高い声をあげ、なす術《すべ》もなく背を弓なりに反《そ》らす。く、と映一が喉《のど》を鳴らした。刹那《せつな》、最も深い場所で彼の欲望が放たれる。

「あっ……、あ、あ」

己の中に熱いものが広がる初めての感覚に、雄大は断続的に声をあげた。全身にそれが浸透《しんとう》してゆくような気がして、映一にしがみついたまま身震いする。

雄大、と耳元で低く響く声が呼んだ。

急速に意識が遠のいて、映一、と呼び返すことはできなかった。

全身を包み込んでいた温もりがふと離れて、雄大は目を閉じたまま眉を寄せた。

肌寒くて体を縮《ちぢ》めると、毛布が全身にまとわりついてくる。どうやら衣服を身につけていないようだ。ベッドの中にいるらしいが、下着すら穿《は》いていない。

中がめっちゃじんじんするんやけど、何これ。

下肢に手を伸ばそうとした瞬間、こうなった理由を思い出す。『まんぷく屋』から帰ってきた後、映一に抱かれたのだ。初めて中に出された。そして初めて、気持ちよすぎて気絶した。

恐る恐るつながった場所に触れてみると、そこはすっかり乾いていた。映一が後始末をしてくれたようだ。ほっと息を吐くと同時に、カアッと顔に血が上る。

なんか凄かった……。

一度入れられただけだったし、それほど長いセックスではなかったと思うが、今までになく濃厚だった。映一が己の欲望を急いで解消しようとせず、雄大が充分に高まるのを待ったせいだ。あるいは、『まんぷく屋』で映一を愛していると、はっきり自覚したせいかもしれない。

未知の快感を、体の奥から引きずり出された気分だ。

そういうたら、映一が優しいなった理由、聞けんかったな。

何かを考え込んでいたかと思ったら、急にキスをしてきたのだ。

起きたら話してくれるだろうか。

「……はい、大丈夫です」

意識がはっきりしてくるにつれて、耳に微かな声が届いた。

映一の声だ。電話で話しているらしい。

「映画の話も本決まりしたし、いい機会だと思って」

仕事の話か？

うっすら目を開けると、室内はぼんやりと明るかった。部屋の隅にいくつかある間接照明が、ひとつだけつけられているらしい。そっと視線を巡《めぐ》らせて映一を探す。

映一はベッドから離れ、一人がけのチェアに腰かけていた。下着は身につけているようだが、他はむき出しだ。トレーニングの成果が現れた背中は、一流の芸術家が彫《ほ》った像のように凛々《りり》しい。ただ、こちらに背を向けているので表情はわからなかった。

「いいえ、雄大は連れていきません」

声を抑《おさ》えてはいるものの、きっぱりとした物言いに、瞬《まばた》きをする。

え、何？　俺の話？

思わず耳をすます。

「水野さんも雄大には言わないでください。余計なことだと思うんで。……はい。ええ、でも雄大には関係ないですから」

俺に関係ないて、仕事の話やないんか？

けど水野さんと話してるんやから、仕事の話やろ。

「え？　……ああ、そうじゃないんです。雄大だけには話したくない」

初めて聞く固い口調に、雄大は布団の中で全身を強張《こわば》らせた。

俺だけには話したない？

どういうことだ。何の話をしている？

「ええ、わかってます。それでも言いたくないんです。……ほんとすみません。じゃあ、お願いします。ご迷惑かけてすみません」

映一が電話の相手に頭を下げたのが見えた。それきり声が途切れる。話は終わったようだ。

じっと息を殺していると、映一がため息をつく音が聞こえてきた。

――やっぱり、何かあったんや。

俺だけには話したないことて何や。何で言えんのや。

今日までの映一の仕事とプライベートを丹念《たんねん》に思い出し、必死で考えていると、いつか藤内が言っていた言葉がふいに甦《よみがえ》ってきた。

離れて仕事をすることが多くなって、俺と皐月は身内じゃなくて仕事仲間に近くなったみたいなんです。あいつが今、安心してわがまま言えてるのは篠倉さんだけだと思います。

仕事仲間。

その言葉だけが、ぽつんと頭の中に残る。

映一の現場マネージャーとして働いて約九ヵ月。上司の上司である田沢《たざわ》も同席した打ち合わせに顔を出し、水野に意見を聞かれるようになり、有名プロデューサーに顔を覚えられるようになった。芸能界での仕事が向いているか、向いていないかはともかく、馴染《なじ》んできていることは確かだ。

映一は俺を、仕事仲間に近いて思うようになったんやろか。

だから以前に比べるとわがままを言わなくなったのか?

や、けど仕事仲間とあんな濃いセックスせんやろ。

ぐるぐると考えていると、静かに布団がめくられた。間を置かず、映一がベッドの隣に滑《すべ》り込《こ》んでくる。背中を向けていたせいか起きていると気付かなかったらしく、ごく自然な動作で雄大の背中を自分の胸に抱き込む。むき出しの肌と肌がぴたりと密着し、しなやかな長い腕が肩にまわった。

やべ。

早鐘《はやがね》を打っている心臓の音を聞かれないように体を丸めると、ふ、と笑う気配がする。

「なんだこれ、赤ん坊みてぇ」

頭の後ろで映一が小さくつぶやく。

めっちゃ優しい声や……。

けどおまえは、気に入った人ほどわがまま言うんやろ？

嬉しいのか辛いのか、不安なのか怖いのか。自分でもわけがわからない。

ただ、胸が痛くてたまらなかった。


翌日は、朝からドラマの撮影だった。午前中に撮るのは、映一《えいいち》がゲスト出演の若手女優とからむシーンだ。午後には百瀬《ももせ》との共演シーンが控《ひか》えている。

春休み中の大学を貸し切って行われている撮影を、雄大《ゆうだい》は離れた場所からぼんやりと眺めた。視線の先にいるのは、もちろん映一だ。

青く晴れ渡った空の下、女優と話している彼は、どこにでもいる大学生に見える。もちろん、容姿《ようし》の端麗《たんれい》さは一般の大学生とは比べ物にならないが、普段の彼ほど突出しているようには感じられない。映一が演じている役柄が、従兄弟《いとこ》が営《いとな》む探偵事務所を手伝っているというだけで、類《たぐい》まれな才能の持ち主や華やかなセレブといった、特別な青年ではないからだ。

平凡な学生を演じたかと思えば、エキセントリックな殺人者や高飛車《たかびしゃ》なエリート青年、純情な高校生、心優しいニューハーフまで演じる。しかも映一が演じた人物は、作り物のにおいがしない。本当に現実世界に存在し、どこかで生活しているような錯覚《さっかく》を覚える。それでいて、どんな役を演じていても、画面の中では必ず目を惹《ひ》くのだ。

本当に凄《すご》いと思う。俳優としての映一を、雄大は掛《か》け値《ね》なしに尊敬している。

隠し事されるんは、俺のこういう気持ちにも問題あるんかな……。

ぴたりと背中に密着した映一の肌が温かかったこと、そして濃厚《のうこう》なセックスで疲れていたこともあり、結局、雄大は彼の腕の中で眠ってしまった。目が覚めたのは朝方になってからだ。目覚まし時計ではなく映一に起こされた。

いつまで寝てんだ、さっさと起きろ。

乱暴な物言いだったが、肩を揺する手は優しかった。

慌てて衣服を身につけてキッチンへ行くと、既にできあがった茹《ゆ》で卵がいくつか皿に載せられていた。テーブルに置かれたニワトリ型の卵茹で機を見て、ズキ、と胸が痛んだ。嬉しかったけれど、素直に喜べなかった。

俺だけには話したないことて何？

思い切って直接尋ねようかとも思ったが、本人が言わないでおこうと決めているのに問いつめるのもどうかと考え直し、聞かなかった。撮影を控えた映一に、余計《よけい》な気をまわさせたくなかった。そもそも映一は気が長いとは言えないが、決して短慮《たんりょ》ではない。言わないと結論づけたのには、それなりの理由があるはずだ。だったら余計に聞けない。——そんなことをずっと考えていたせいで、いつもより口数が少なくなってしまった。

当の映一は、特に不審には思わなかったようだ。昨夜《ゆうべ》のセックスでいつも以上に乱れてしまったことを恥ずかしがっていると勘違いしたらしく、機嫌はよかった。

恋人であっても仕事仲間であっても、その人の全てを知る必要はないと思う。どんな付き合いにもプライベートな部分があって当然だ。

それでも不安になるのは、映一が今までと違う優しい態度を見せていること。そしてなにより昨夜聞いた言葉のせいだ。雄大だけには話したくない、と映一は言った。実際彼は、水野《みずの》には話し、雄大には話していない。

それって、俺を信用してへんてことやろ？

「シーノちゃん」

明るい声が聞こえると同時に、背後からポンと肩を叩かれる。

振り返ると、高級スーツに身を包んだ水野が満面に笑みを浮かべて立っていた。この上司は神出鬼没《しんしゅつきぼつ》だ。仕事場にならいつでもどこでも突然現れるので驚きはない。

「水野さん、お疲れさまです」

「お疲れー。撮影どう？　順調？」

忙しく動きまわっている俳優とスタッフたちを眺める彼に、はいと頷く。

「天気もええし、予定通り進んでます」

「そっか、よかった。キャストもスタッフも連ドラのときとほとんど一緒だから、阿吽《あうん》の呼吸やれてるんだろうな」

満足げに頷いた水野を、ちらと見遣《みや》る。

水野さんは、映一が俺に言わんかったことを知ってはるんや。

またズキリと胸が痛んだものの、その痛みに捕らわれることはなかった。水野は無名だった映一をブレイクさせ、その才能を最大限に活《い》かすマネジメントをしてきたのだ。映一の水野に対する信頼を思えば、彼に話すのは当然だ。

そおや。映一に聞けへんのやったら、水野さんに聞いてみよか。

しかしそれでは、映一を裏切ることにならないか？

迷っている間に、水野が先に口を開いた。

「これ終わったら一時間ぐらい映一借りるね。シノちゃんは先に午後の撮影があるスタジオへ行っててくれる？」

「え？　けど」

「ちょっと難しい人と会わなくちゃいけなくてね。僕がついてないとダメなんだ。昼ご飯はちゃんと食べさせるし、予定の時間に必ず送り届けるから心配しなくていいよー」

「や、あの、心配はしてませんけど」

今までにも、対応が難しい取材には雄大ではなく水野がついていった。タイトなスケジュールで動いているため、突然の取材は滅多《めった》に入らないものの、全くないとは言えない。実際、以前にも急に取材が入ったことがある。

しかし、ふいに閃《ひらめ》くものがあった。

映一と水野さんが二人で出かけるってことは、映一の隠し事に関係してるんかも。

「あの、水野さん」

思わず呼びかけたそのとき、オッケーです！　という演出補《えんしゅつほ》の声が聞こえてきた。撮影が終わったらしい。

「お疲れさまでしたー！」

その言葉を合図に、スタッフたちがすぐさま撤収《てっしゅう》作業に入った。俳優たちも、お疲れさまでしたと周囲に頭を下げ、その場を後にする。

「じゃ、そういうことでお願いね！」

言うなり、水野は映一の方へ歩いていった。

まずスタッフたちに挨拶《あいさつ》をする。そして映一に声をかけ、その場に留《とど》めるように手で制する。映一が素直に足を止めたのを見届けて、今度は監督に歩み寄り、にこやかに言葉をかわす。映一はおとなしく水野を待っている。

立ち尽くしたまま見つめていると、映一がふいにこちらを向いた。見ていたのだから当然だが、目が合う。ギクリと体が強張《こわば》った。

視線の先で、映一は微《かす》かに笑って頷いた。

心配するな、とでも言いたげな、落ち着きに満ちた大人の顔。

——そんな顔、初めて見る……。

嬉しかったけれど、それ以上に不安で、ざわざわと心臓が鳴った。


ハンドルを握った雄大は、自棄《やけ》気味に笑った。

「俺を舐《な》めたらあかんぞ、映一」

三台挟《はさ》んで前を行くのは、映一と水野が乗ったタクシーである。ロケが行われた大学からここまで尾行してきたのだ。見失わずにつけられたのは、映一の現場マネージャーになって以降、あちこち車を走らせ、抜け道に至るまで頭に入れていたおかげである。

映一の隠し事が気になって不安で仕方がないのに、ただおとなしく彼の帰りを待つのか？

歩み去る映一と水野の後ろ姿を見て、雄大は自問した。

そんなんは性《しょう》に合わん！

次の瞬間には尾行しようと決め、身を翻《ひるがえ》していた。

尾行なんて卑怯《ひきょう》な真似《まね》をしたら、きっと映一は怒るだろう。最悪の場合、信用を失うかもしれない。

けど映一かて、俺を信じてへんのやからアイコや。それに何も知らんままやと悶々《もんもん》として、映一に変な態度とってまうかもしれんし。

――全てが言い訳で、自分を正当化しているとわかっていた。

本当はただ、映一の隠し事を知りたいだけだ。勝手なわがままだ。肝心《かんじん》なところでは、映一よりも自分の方がわがままだと思う。

せやかて、こんなに誰か一人のことばっかり考えるのは初めてなんや。

そう、こんなに心を乱されるのは初めてなのだ。

きつく唇を引き結んだ雄大は、左折するタクシーを追いかけて左に曲がった。

しばらく走ると、左のウィンカーが光る。停車するようだ。

通りに並ぶビルを見上げた雄大は、中華レストランの看板を見つけた。以前、水野に連れてきてもらったことがある店だ。旨《うま》いだけでなく、各テーブルが間仕切《まじき》りで囲《かこ》われているため、芸能人が気軽に食事を楽しみたいときによく利用すると言っていた。

目的地はあの中華レストランか。

案《あん》の定《じょう》、タクシーはレストランに近い道路脇《わき》に停まる。

雄大はといえば、敢《あ》えて直進を選んだ。映一がタクシーから降りたのをバックミラーで確認する。場所さえわかれば、これ以上尾行する必要はない。この辺りのコインパーキングに車を停め、徒歩で店へ行けばいい。

大きく息を吐いた雄大は、前方をにらみつけた。

これからどんな場面を目にし、どんな言葉を聞くのかはわからないけれど、何も知らないでいるよりはずっといい。


ランチタイムとあって、中華レストランは繁盛《はんじょう》していた。とはいえ大衆的な店に比べると高級で、値段設定もそれなりに高いためか、落ち着いた雰囲気だ。

ただ、間仕切りのせいで、映一たちがどこにいるかはわからなかった。

ファミレスみたいにはいかんよな……。

漠然《ばくぜん》と、映一たちに近いテーブルを陣取《じんど》ろうと考えていた自分の浅はかさに、雄大はため息を落とした。十分ほど待った後でテーブルに案内されたはいいが、映一たちがいるテーブルに近いのか、それとも遠いのかすらわからない。そもそも近くに座れたからといって、彼らが会っている人物の顔を見たり、会話を聞いたりできるとは限らない。

アホや、俺……。

勢い込んであとをつけたはいいが、詰めが甘かった。

映一と水野さんに黙って尾行なんかしたから、バチが当たったんかも。

自己嫌悪を覚えて肩を落としつつ、雄大はランチセットを注文した。少々値が張ったが、仕方がない。

車で尾行している間、ずっと張っていた気が抜けて、ぼんやりしていると、通路で人の気配がした。かと思うと間仕切りの隙間から、ひょいと男が顔を覗《のぞ》かせる。

「っ!」

かろうじて声は抑《おさ》えたものの、雄大は危うく椅子から落ちそうになった。

顔を出したのは水野だったのだ。

一方の水野はニッコリ笑った。完全に固まってしまっている雄大に歩み寄ってきた彼は、驚いた様子も怒った様子もなく、声をひそめて話しかけてくる。

「なかなかいい尾行っぷりだったよ、シノちゃん。もしかしたら探偵も向いてるかも」

「な、なんで……」

漸《ようよ》うそれだけ言うと、水野は首をすくめた。

「今まで写真週刊誌の尾行を数え切れないほどまいてきたからねー。だいたいシノちゃんの車、事務所の車だろ。見覚えのある車がずっとついてきてたら、おかしいなって思うよね」

あっさり言われて、今更のようにどっと冷や汗が噴き出した。

店に入ったときにばれたのではなく、もっと前からばれていたのだ。

「そしたら映一も……」

「大丈夫、映一は気付いてない」

しっかり頷いた水野に安堵《あんど》のため息を落としたものの、雄大はすぐハッと我に返った。

スタジオに行けと言われたのに、こんなところまでついてきてしまった。

慌てて立ち上がり、頭を下げる。

「あの、つけたりしてすんませんでした」

「謝んなくていいって。そういう行動力、僕は大いに評価するよ。タレントに従《したが》わなくちゃいけないのが現場マネージャーだけど、ただ黙って従ってれば他は何もしなくていいかっていうと、それじゃダメだしね」

そこまで言うと、水野は明るい物言いを一転、真面目なものに変えた。

「映一からは今日のこと、何も聞いてないんだろ?」

「あ……、はい。聞いてません」

「やっぱりね。僕はシノちゃんにも話した方がいいって言ったんだけど、本人がどうしても嫌だって聞かなくて。あいつも頑固《がんこ》だからなあ。じゃあシノちゃん、僕らがいるテーブルの隣に移動してくれる?」

突然話が飛んで、へ、と雄大は声をあげた。

水野はニッコリ笑う。

「店員さんには移動するってちゃんと伝えたから大丈夫」

「や、でも」

「ほらほら早くして。僕がめちゃくちゃトイレの長い男だって思われちゃうじゃん」

水野に急《せ》き立《た》てられ、雄大は通路に出た。咄嗟《とっさ》に背を屈《かが》めたのは、映一に見つかるかもしれないと思ったからだ。が、先を行く水野はスタスタと普通に歩いてゆく。

慌てて追いかけると、彼は奥から二番目のテーブルで立ち止まった。入って、という風に手で招く。間仕切りで見えないが、一番奥のテーブルに映一がいるらしい。

雄大が椅子に腰かけたことを確認した水野は、何も言わずにさっさと背を向けた。

急な展開に戸惑いながらも、隣を意識してしまう。

ここへ移動させたってことは、話を聞いてもええってことやんな?

我知らずごくりと息を飲み込んだそのとき、お待たせ！　という水野の声が聞こえてきた。

「遅い。何やってたんですか」

映一の不機嫌な声も聞こえてきて、全身が強張る。

薄い壁一枚を隔《へだ》てたところに、本当に映一がいるのだ。

「ちょっと映ちゃん、そんな言い方。ごめんなさい、水野さん」

次に聞こえてきたのは女性の声だった。それほど若い声ではない。恐らく四十代ぐらいだ。

めっちゃ親しそうやけど、誰や。

雄大の疑問に答えるように、水野が明るい声で言う。

「ああ、全然かまいませんよ、お母さん」

映一のお母さんか！

瞬《まばた》きをしている間に、水野は続ける。

「映一、一年ぶりにお二人に会うから緊張してるんですよ。僕が席はずしてる間、何か話した？」

「別に、何も」

「別にって、おまえなあ」

水野のあきれた物言いに答えたのは、また別の男の声だった。

「仕事のこととか日常生活のこととか、ちゃんと話してくれましたよ。なあ、映一君」

穏《おだ》やかに呼びかけた男の声もまた、若くはなかった。こちらも四十代か五十代だろう。鷹揚《おうよう》な話し方から、かなり落ち着いた人物のように感じる。

もしかしてこの人、お母さんの再婚相手か？

「それにしても、随分《ずいぶん》忙しいのねえ。びっくりしちゃった」

「僕が言った通りだっただろう？　便りがないのは元気な証拠だよ」

「ほんとにそうね。元気そうでよかったわ」

夫婦の穏やかなやりとりが聞こえてくる。忙しい息子を気遣う、ごく普通の会話だ。

正直、拍子抜《ひょうしぬ》けだった。

映一は俺に何を隠したかったんや。隠すようなこと、何もないやないか。

「お母さんもお元気そうですね」

水野がにこやかに話をふる。

「おかげさまで元気です。向こうの水が合ってるみたい」

「映一君も一度遊びにおいで。自然がいっぱい残ってて、とてもいいところだよ」

男性のおおらかな口調に、ありがとうございますと映一は素直に礼を言った。

母親の再婚相手に対する憎しみや敵愾心《てきがいしん》は全く感じられない。むしろ安心しているようだ。

ますます隠し立てをする意味がわからない。

「無理を言っちゃだめよケンジさん。映ちゃんはお仕事で忙しいんだもの、そんなに簡単に遊びになんて来れないわ」

母親の言葉に、一瞬、隣のテーブルに沈黙が落ちた。

ん？　何かおかしいこと言わはったか？

首を傾《かし》げていると、そうだね、と男性がゆったり応じた。

「忙しいって聞いたばかりなのに、うっかりしてたよ。ごめんね、映一君」

「いえ、そんな」

映一は言葉少なに答える。

なぜかはわからないが、間仕切りの向こうの空気が和《やわ》らいだ気がした。

会話が途切れ、各々《それぞれ》食事をとる気配がする。とっても美味《おい》しいわ、と母親が嬉しげに言い、美味しいね、と男性が賛同《さんどう》する。水野さんがご存じの店は、どこも美味しいですね。日本を旅行する友人に教えたら絶賛《ぜっさん》されましたよ。彼の褒《ほ》め言葉に、お役に立ててよかったですと水野は明るく応じる。映一の声は聞こえてこない。きっと黙々と食べているのだろう。

「失礼いたします、お客様。お待たせいたしました」

唐突に間仕切りの中に入ってきた男性店員に、わっと声をあげそうになる。映一たちの会話に気をとられ、自分も注文していたことをすっかり忘れていた。テーブルにランチセットを置いた店員に無言で頭を下げる。

せっかくやし俺も食べよ。

安心したせいか、腹が減った。いただきます、と声を出さずに唱《とな》えて手を合わせ、早速《さっそく》シュウマイに箸《はし》を伸ばす。

「新しい現場マネージャーのことはお話ししましたっけ？」

水野の明るい声が聞こえてきて、箸が止まった。

新しい現場マネージャーて、俺のことやんな？

「いいえ、聞いてないわ。どんな方？」

「去年の六月頃からついてくれてるんですよ。映一のことを何よりも一番に考えてくれる、信頼できる男です。彼のおかげで僕も安心してあちこちで営業できてます」

「水野さんが現場の方をそんな風におっしゃるの、初めてね。いい人がついてくれてよかったわね、映ちゃん」

母親の呼びかけに、ああ、と応じる映一の声が聞こえてきた。

「大事にしたいと思ってる。これからもずっと」

静かな物言いに、雄大は息を飲んだ。じわ、と胸が熱くなる。心地好《ここちよ》い痛みを伴《ともな》うその熱は、じわじわと全身に広がり、やがて目の奥に到達した。たちまち視界が潤《うる》み、ぽた、と涙が零《こぼ》れ落《お》ちる。

……あかん。めちゃめちゃ嬉しい。

激しさや高揚《こうよう》が感じられなかったことが、逆に映一の想いの深さを表している気がした。

「あなたがそんな風に言うのも初めてね。よっぽどいい人なのねえ」

映一は答えない。

かわりに、母親が微笑《ほほえ》んだ気配がした。

「水野さん、その方に映一のこと、くれぐれもよろしくお願いしますってお伝えください」

「はい、責任もって伝えます」

真面目くさった返答に、雄大は声を出さずに笑った。

や、もう俺、聞いてるし。

手の甲で涙を拭《ぬぐ》いながら、間仕切りの向こう側にいる映一の母親に誓《ちか》う。

俺なんかでよかったら、ずっと映一の側《そば》にいます。

ずっとずっと、大事にします。


中華レストランを出ると、太陽が明るい陽光を投げかけてきた。風はまだ冷たいが、日差しはすっかり春だ。行きかう人々の服装も、冬の重い色から明るい色へと変化している。

大きく深呼吸をした雄大はバッグを肩にかけ直し、まっすぐ前を見た。

「よっしゃ！」

気合を入れて踏み出した足は、驚くほど軽い。

涙を強引に止めてランチを素早く食べ終えた雄大は、映一たちより先にレストランを出た。映一はあの場所で自分に会いたくないだろうと思ったのだ。

隣のテーブルで話を盗み聞きしていたことは、今日の撮影が終わったら、ちゃんと話して謝ろうと決めた。その上で、なぜ母親との対面を隠したかったのか、なぜ以前ほどわがままを言わなくなったのか、聞いてみようと思う。

怒るかもしれない。へそを曲げるかもしれない。

しかし誠実に、きちんと正面から向き合えば、映一はきっと話してくれる。

大事にしたいと思ってる。これからもずっと。

彼はそう言ってくれた。信用されていないわけではなかったのだ。

映一より先にスタジオに行っててんとあかんし、急ご。

足を速めたそのとき、雄大！　と呼ばれた。

反射的に振り返ると、こちらに向かって駆けてくる映一が見えた。

うわ、俺が聞いてたん、もうばれたんか？

どんな顔をしていいかわからなくて咄嗟《とっさ》に駆け出した足を、すぐに止める。どこへ行ってしまったのか、水野の姿が見えない。映一の母親とその再婚相手の姿もなかった。こんな往来《おうらい》で、帽子も眼鏡も身につけていない映一を一人きりになどできない。

映一が追いつくのを待って、雄大は再び走り出した。昨夜の情事のせいで、走るのは正直きつかったが、かまっていられない。

「待てコラ！　逃げんな！」

「逃げへん！　駐車場まで走るぞ！」

肩越しに言うと、映一は面食《めんく》らったような顔をした。

しかしそれ以上は何も言わずについてくる。雄大の心配を察したようだ。

コインパーキングへたどりつくと同時に、リモコンで鍵を開ける。早く乗れと促《うなが》すまでもなく、映一は助手席に飛び込む。

ざっと周囲に目を配ったが、追いかけてきている者はいなかった。ほっとしつつ素早く精算を済ませ、運転席に滑《すべ》り込《こ》む。

「いたっ」

走った上に乱暴に腰かけたせいで腰が痛み、思わず背を丸める。

すると、バカ、と罵《ののし》られた。

「昨日の今日でそんな重い荷物持って走りやがって。痛いに決まってんだろうが」

不機嫌に言いながらも、映一は背中を摩《さす》ってくれる。上着越しだというのに掌《てのひら》の温かさが染《し》みて、雄大はすぐ側にある端整《たんせい》な面立《おもだ》ちをそっと見上げた。

形の良い眉は寄せられ、切れ長の鋭《するど》い双眸《そうぼう》は曇《くも》っている。真剣な表情だ。

ああ、映一、俺を心配してるんや。

実感して、不謹慎だが笑みがこぼれた。

「眼鏡ぐらい、かけてこい」

痛みも手伝って、なかなか整わない呼吸の合間を縫《ぬ》って言う。

反対に、ほとんど息切れしていない映一はじろりとにらんできた。

「うるせぇ。急に水野さんがおまえが来てるって言うから、そんな暇なかったんだよ。それより何で勝手についてきたんだ。先にスタジオに行けって言われただろ」

「ごめん」

もともと謝ろうと思っていたので、謝罪の言葉は素直に出た。

反論が返ってくると予想していたのか、映一の方が黙ってしまう。

間があいたのを幸《さいわ》いに、雄大は包み隠さず白状した。

「俺、昨夜、おまえが水野さんと電話してたん、聞いてたんや。おまえ、俺だけには話したないて言うたやろ。それがショックで、おまえが何を隠してるんか、どうしても知りとうて。せやから尾行してたん。すまん」

一息に言って頭を下げると、車内に沈黙が落ちた。

映一がため息を落とす音が聞こえる。

「……そんな素直に謝られると、怒れねぇだろ」

背中を摩っていた手が離れ、かわりにくしゃりと髪を撫《な》でられた。

「もういいよ。おまえに隠そうとした俺も、ちょっとは悪いし」

再びため息をついた映一の手が、頭から離れる。

「俺らがしゃべってたこと、聞いたんだよな」

「……うん」

「俺と母親の関係は、水野さんから聞いたのか？」

「おまえが小四のときに離婚しはって、今は別の人と再婚してはることは聞いた。あと、今もちょっとは交流があるて聞いたけど、詳しいことは何も」

そろそろと顔を上げると、そうか、と映一は頷いた。もう一度軽く息を吐き、シートベルトをしめる。

「とりあえず車出せ。遅れるとやばい」

「あ、うん！　あの、お母さんと相手の人は？」

慌てて荷物を後ろに降ろし、同じくシートベルトをしめて尋ねる。

映一は特に嫌そうな顔もせず、ごく普通の口調で答えた。

「さっきの店でもう少しゆっくりしてくって」

「水野さんは」

「タクシーで事務所に戻るって。おまえによろしくって言ってた。今回は完全にあの人にはめられたな」

映一が苦笑したのを横目で見ながらエンジンをかける。

いつも後部座席に陣取る映一が、自ら助手席に乗り込んだ。恐らく母親のことを話すのに、顔が見える前の席の方がいいと思ったのだろう。

ごまかしたりせんと、ちゃんと話そうとしてくれてるんや。

改めて安堵《あんど》しつつ車を発進させると、別に、と映一が待っていたかのようにつぶやいた。

「そんなややこしい話でもない。よくある話だ。母親はいわゆるステージママだったけど、子役の親なんて、皆似たようなもんだからな。うちが特別だったわけじゃない。おかしなことになったのは、父親が浮気してんのがわかってからだ」

映一の中で、それらが完全に過去の出来事になっているとわかる滑《なめ》らかな口調だった。

しかし雄大は、一言一句《いちごんいっく》聞き逃すまいと思った。

きちんと向き合ってくれた彼に、自分も正面から向き合いたい。

「結局離婚することになって、それから母親が俺に依存するようになった。――依存とも違うか。何だろうな、自分を投影した俺を役者として成功させることで、父親と浮気相手を見返してやるっていうか、そんな感じ?」

わかるか? というニュアンスを含んだ物言いに、わかるよ、という意味を込め、うんとだけ相づちを打つ。映一は今、あまりたくさんの言葉は必要としていない気がした。

短い返事は正解だったらしく、映一は淡々と話し続ける。

「うまくできたらめちゃくちゃ褒めてくれて甘やかしてくれるけど、うまくできないとすげぇ勢いで罵倒《ばとう》されんだ。罵倒された後は決まって、私にはあなたしかいないのよって泣きつかれる。離婚するまではそんなことなかったから戸惑ったよ。どうしていいかわかんなかった。しかも離婚と前後して仕事は減ってくるし、当時の事務所はいい加減なことばっかり言って少しもアテにならないし。小学校の高学年から中学の三年間、母親と二人で暮らしてた間はほんと、きつかった」

映一の声がわずかに揺れて、ん、と雄大は小さく頷いた。敢えてまっすぐ前を向き、ハンドルを強く握りしめる。

芸能界で幼い頃から子役として働くこと自体、平凡な家庭で育った雄大からすれば、夢物語だ。その上、両親の不和、離婚、母親の依存、仕事の不調だなんて想像を絶する。

だから雄大はただ、幼かった映一の気持ちだけを思った。

先ほど映一が言ったように、世間的にはそれほど珍しくもない話なのかもしれない。しかし世間など、渦中《かちゅう》にいる子供には全く関係ない。当人にとっては、よくある、で済まされる問題ではないだろう。辛《つら》くて怖くて、悲しくて寂しくて、胸が張り裂けそうだったに違いない。

ふ、と映一が短く息を吐いた。そして幾分《いくぶん》か柔らかな口調で続ける。

「高校に入った頃に水野さんと出会った。ああいうノリの人だから、最初は信用できなくて追い返してたんだ。でも凄く熱心に通ってくるし、俺自身、母親との生活に疲れてたこともあって、結局カツプロで世話になることにした。状況を変えるためには、他に選択肢《せんたくし》がなかったとも言えるけど」

映一の話を聞きながら、雄大は自分の過去を振り返った。

俺は高校一年のとき、オカンの作ってくれた弁当持って学校行って、苦手な数学の授業に四苦八苦《しくはっく》して、バスケ部で基礎練《きそれん》ばっかりやらされることに文句たれて、夏休み明けに初めてカノジョができて浮かれてた。

平凡を絵に描いたような、しかしこの上なく幸せな思春期。

あの年頃に映一と同じ環境に置かれていたら、どうなっていただろう。

俺やったらきっと耐えられん。

「水野さんの計《はか》らいで事務所が持ってる寮に入れてもらって、母親と別に暮らすようになった。俺と絶対離れないって半狂乱になった母親を説得してくれたのも、俺と離れたことで余計に不安定になった母親を心療系のクリニックに連れてってくれたのも水野さんだ。ほんとに、あの人には感謝してる」

映ちゃんはお仕事で忙しいんだもの、そんなに簡単に遊びになんて来れないわ。

映一の母親がそう言ったとき、皆が一瞬沈黙したのは、遊びに来なさいと彼女が言わなかったせいかもしれない。恐らく以前は、もっと映一に執着《しゅうちゃく》していたのだろう。

水野さんはやっぱり凄い人や。

雄大は心の内で水野に感謝した。

映一を見つけてくれて、救い出してくれてありがとうございます。

「クリニックの先生に勧《すす》められて行った旅行先で、貿易の仕事をしてる今のダンナさんと知り合って、その人がまたいい人で。全部事情を知った上で結婚しようって言ってくれて、母親は今、その人と海外に住んでる」

「ああ、それで一年ぶりか」

頷いた雄大はブレーキを踏んだ。目の前の信号は赤だ。ちらと映一を見遣ると、彼もこちらを見返してきた。鋭い美貌《びぼう》が辛そうに歪《ゆが》んでいなかったことに安心して尋ねる。

「何でそれを俺に隠したかってん」

途端に、映一はふいと視線をそらした。そして言い訳をするように言葉を連ねる。

「おまえに同情されたくなかったんだよ。それに俺自身、母親と会って冷静でいられるかもわかんなかったしな。一年前に会ったときはクリニックの先生も一緒だったんだ。けど今回は先生抜きだったから自信がなかった」

そうか、と雄大は頷いた。

この、胸が痛い感じは同情か？

うまく言葉にできないが、少し違う気がした。そもそも、平凡ながら幸せに育ってきた自分が、かわいそうに、の一言で片付けていいものではないだろう。

映一のわがままは母親との関係が原因だったのだと、今更ながら悟《さと》る。

近付いてきた人間が、自己投影や依存、または支配抜きで、本当に自分を愛してくれるのか。映一には常に不安があるのかもしれない。愛してくれるかと正面から尋ねる方法もあるにはあるが、人は平気で嘘をつく。前の事務所にいたときに、映一は嫌というほどそのことを思い知らされていたのだろう。だからわがままで試すしかなかった。

どこまで許してくれるのか——愛してくれるのかを。

助手席に視線を遣ると、映一はまだ目をそらしていた。明るい日差しが降《ふ》り注《そそ》ぐ外を見つめる横顔に浮かんでいるのは、穏やかな表情だ。

「昨日、おまえがまんぷく屋に出かけた後、母親から会いたいって電話がかかってきたんだ。前はそれだけでも動揺したんだけど、今回はそうでもなかった。ただ、急だったし先生はいないって言うし、断るつもりだったんだ。けどおまえに優しくなったって言われて、自分でもそうかもって思って。そのときに母親のことも昔のことも、気にならなくなってることに気付いた。吹っ切れたんだって実感してたら目の前におまえがいて、俺のために茶なんか入れてて、めちゃくちゃ欲情した」

めちゃくちゃ欲情した、という言葉だけをこちらを向いてサラリと言ってのけた映一に、雄大は照れるよりもあきれた。

「俺が茶を入れてたから欲情て、何やねんそれ……。全然つながってへんやないか」

「俺の中ではつながったんだよ。おい、青だぞ」

顎《あご》で信号を示され、慌てて車を発進させる。

一方の映一は、思い切り伸びをした。車内では長い手足は伸ばしきれなかったが、満足したらしい。あー、と気の抜けた声をあげる。

「最初は緊張したけど、案外平気だったな」

「そうか。よかったな」

順序だてて話してくれたということは、母親との関わりを含めた今日までの人生が、映一の中できちんと整理できているということだ。

今、映一はまっすぐ前を向いている。それが伝わってきて、胸が熱くなった。

しかし同時に、痛いような感覚もあった。

映一が以前ほどわがままを言わなくなったのは、雄大に愛されている確信が持てたからだろう。もう、わがままを言って愛情を試す必要がなくなったのだ。

映一の不安を少しでも解消できたのなら嬉しい。映一の仕事のためにできることは限られているけれど、それだけでも芸能界で働いてよかったと思う。

けど映一がほんまに苦しかったとき、側におりたかった。

映一、と呼ぶと、ん、と短い応《こた》えが返ってくる。

「おまえ、俺に思《おも》てることがあるんやったら言えて言うたやろ」

「ああ」

「おまえも言え。俺に変にカッコつけんな」

「……別にカッコつけてねぇよ」

ムッとした口調に、雄大は思わず笑った。

めっちゃカッコエエけど、やっぱりかわいい。

「まあ、あれや。過去はともかく、これからは俺がおるから」

ちらと視線を送って頷いてみせると、映一はゆっくり瞬きをした。

「雄大」

「うん?」

「今日の撮影終わったら抱くから」

しれっと宣言されて、はあ? と雄大は頓狂《とんきょう》な声をあげてしまった。

「おまえ、いきなり何を言うてんねん。ていうか昨夜やったやろ」

「昨夜やったから今日はダメってことないだろ。ほんとは今すぐ抱きたいけど、撮影があるから我慢してやるんだ。ありがたく思え」

「おまえな……!」

ひく、頬がひきつった。

前言撤回《ぜんげんてっかい》、こいつはやっぱりわがままや!


その日の撮影が終了したのは深夜一時頃である。

撮影そのものは順調だった。特に映一は調子が良く、いくつかあった長台詞《ながゼリフ》も完璧にこなし、一度もNGを出さなかった。一緒に撮影していた百瀬が、うわ、神がかっとる、と真顔でつぶやいたほどだ。にもかかわらず撮影が深夜に及んだのは、各俳優のスケジュールの都合上、多くのシーンを撮らなくてはならなかったせいである。当然のことながら、マンションへ帰るのも遅くなった。

明日の撮影は午前七時スタートだ。

寝室の時計の針は午前二時半をさしている。

マネージャーとしては、たとえ二、三時間であっても睡眠をとって、体力を回復してもらいたい。

「さー寝ろ、すぐ寝ろ、おーどーまーぼんぎりぼーんぎり」

組み敷かれてもあきらめず、雄大は己《おのれ》にのしかかる映一の背中を柔らかく叩いた。先にシャワーを浴びた映一が眠っているか確認するために寝室へ入った途端、ベッドに引きずり込まれてしまったのだ。

映一は不満げに、ああ？　と声をあげる。最初から抱くつもりだったからだろう、スウェットパンツを穿《は》いただけで、上半身は裸だ。

「何だその呪文《じゅもん》みたいな歌」

「五木《いつき》の子守唄や。知らんのか」

「知らねぇよ。てか子守唄って、これからやろうってのに何寝かそうとしてんだ」

「けど明日も早いし、ちょっとでも寝た方がええやろ」

「一日ぐらい徹夜したってどうってことねぇよ。こんななってんのに寝れるわけないだろ」

布越しでもはっきりとわかるほど硬くなったものを雄大の太腿《ふともも》に押し当てた映一は、からかうような視線を向けてきた。

「そんなに俺の体力が心配なら、おまえが上に乗って動けばいいだろ」

う、と言葉につまる。以前に上に乗らされたときは、恥ずかしさと痛みでろくに動けなかったのだ。

——けど今やったらできる気ぃする。

映一に体力を使わせたくないという理由ももちろんあるが、与えられるばかりではなく、自分も彼に与えたい。

「わかった、やったる」

まっすぐ見上げて言うと、映一は目を丸くした。

「マジかよ」

「マジや。退《ど》け」

ぐいと映一の肩を押す。すると彼は思いの外《ほか》簡単にベッドに仰向《あおむ》けになった。キングサイズなので、長身の映一が転がってもまだ余裕がある。

よし、と頷いた雄大は、下着ごと勢いよくズボンを下ろした。膝《ひざ》にわだかまったそれらを、乱暴に足から抜く。ゆっくりしていると、羞恥《しゅうち》に負けてしまいそうだったのだ。

「昨夜やったから、そんな手間はかからんはずや。俺は俺で準備するし、おまえも自分でゴムつけろ」

早口で言って、ベッドの脇に置かれたジェルを手にとる。

――あ、俺、自分で解《ほぐ》すの初めてや。

今更ながら気付いた瞬間、ただでさえ熱かった頬が更に火照《ほて》る。

「雄大」

「何や。さっさとやれ」

「顔真っ赤」

笑いを含んだ声で指摘され、雄大はがあっと吠《ほ》える勢いで怒鳴った。

「真っ赤で悪いか！　カワイイ女の子とか色っぽい女の人やったらともかく、男の俺がこんなカッコで自分でやるとか、めっちゃ恥ずかしいんやぞ！」

身につけているのはTシャツだけで、下は丸裸だ。そんな格好で膝立ちになり、ジェルを手にして自《みずか》らの後ろを解そうとしている。しかも一部始終を、映一に見られているのだ。

寝室の照明は絞《しぼ》ってあるものの、互いの顔がわかる程度には明るい。快楽に溺《おぼ》れている最中ならともかく、まだ心も体も高まりきっていないのに、この状況は恥ずかしい。

「冷静に見たらただのヘンタイやろ！」

ジェル片手に叫ぶと、映一は堪《こら》えきれなくなったように噴き出した。

そのまま腹を抱《かか》えて笑う。爆笑だ。

「笑うなアホ！　何がおかしいねん！」

「俺、女に興味ねぇから、黙ってたら女よりおまえのがずっといやらしいと思うけど。おまえ、気合い入れまくりでプロレスでも始めそうなんだもん」

ハハハ、と映一はまた笑い出す。

くそう、こんなときばっかり、だもんとか年下ぶりやがって！

女に興味がないという告白に軽い衝撃を受けたものの、それよりも笑われたことが堪《こた》えた。情欲が全く感じられない反応に、顔どころか耳まで真っ赤になる。きっと今、自分の顔は茹でたタコ同然だ。

「おまえがそういう態度やったら、もうええ。もうやらん」

ジェルを放り投げ、脱いだばかりの下着とズボンに手を伸ばした次の瞬間、手首をぐいと握られた。抗《あらが》う間もなく引っ張り上げられる。

「ちょ、何すんねん」

ようやく文句を言ったときには、映一のひきしまった体の上に寝そべっていた。硬いけれど、温かくて広くて居心地がいい。

うっとりしかけた雄大は、ハッと我に返った。

あかん。流されてる！

慌てて体を起こそうとすると、ちゅ、と額《ひたい》にキスをされた。

「悪かった。機嫌直せ」

映一が謝った！　しかもめっちゃかわいいキスした！

ぽかんとしている間に、映一にジェルのチューブを握《にぎ》らされる。

「笑わねぇから、やって」

映一が命令と違《ちご》てオネダリした！

「雄大」

呼んだ声はとびきり甘い。

――完敗だ。

「もう、笑うなよ」

「ああ、笑わない」

真剣な声で言われて、覚悟を決める。

映一の腿にまたがったまま体を起こしたのを合図に、ベッドの上の空気は一変した。

横たわる映一から、再び情欲が滲《にじ》み出《だ》す。たちまち年に似合わない男の色気がにおい立つ。

羞恥に負けそうになる自分を叱咤《しった》して再び膝立ちになった雄大は、ジェルを指にからませた。

映一の視線を感じるが、恥ずかしくて見つめ返すことはできない。うつむき加減で背後に手をまわす。

「っ」

目的の場所に触れただけで肩が揺れた。いつも映一がしてくれるように、まずは一本だけ入れてみる。昨夜の情事の名残《なご》りが残るそこは、ジェルの助けもあって、いとも簡単に根元まで飲み込んでしまった。

「あっ……」

「入ったか？」

「ん、うん……」

「もう一本、がんばれ」

きつく目を閉じつつも、頷いて指を足す。今度もそれほど抵抗はない。それどころか、物足りなさを感じてしまう。雄大は間を置かず、もう一本指を押し込んだ。

「あ、あ」

そこがジェルの冷たさを感じると同時に、指では内側の燃えるような熱さを感じる。相反する感覚に官能を煽《あお》られ、雄大は吐息を漏《も》らした。

映一はいっつも、どういう風にしてたっけ。

押《お》し拡《ひろ》げて、かき乱して。それから、感じる場所を抉《えぐ》るように。

「あっ、ん」

記憶の通りに指を動かすと、色めいた声があふれた。

気持ちがいいけれど、自分でしたことがないせいか、ひどくもどかしい。映一にしてもらう方が、もっと確実に快楽を得られる。

物足りなさを解消しようと、雄大は懸命に指を動かした。体温で温められたジェルが淫《みだ》らな水音をたて始める。その音すらも、映一にしてもらうときの方が扇情的《せんじょうてき》な気がした。

とはいえ、全く感じていないわけではない。ゆるゆるとではあるが、Tシャツの下の劣情《れつじょう》が頭をもたげ始めている。映一のからみつくような視線をそこに感じて、着実に高ぶってゆく。

「雄大、おまえ俺がいないとこで、一人でやってんじゃねぇだろうな」

突然耳に飛び込んできた低い声に、雄大は頭を振った。

「そんな、する、わけ、あぁ」

「にしてはエロい反応するじゃねぇか」

「おまえが、あ、して、くれるように、してる、だけ」

指を休めずに答えると、小さな舌打ちの音が聞こえてきた。

「おまえは、おもしろいんだかエロいんだか、どっちなんだ」

怒ったようなあきれたような、しかし愛《いと》しげなつぶやきが聞こえてきたかと思うと、雄大、と甘い声で呼ばれた。反射的に顔を上げる。

そこには、既に前をくつろげた映一が横たわっていた。こちらが上から見下ろし、映一は下から見上げる体勢だというのに、ひきしまった長身から放たれる圧倒的な存在感と色のせいで、組み敷かれているような錯覚《さっかく》に陥《おちい》る。我知らず、こくりと喉《のど》が鳴った。

「おまえが言った通り、自分ではめてやったんだから、おまえもちゃんとやれよ」

「わ、わかってる」

視線の苛烈《かれつ》さとは裏腹の優しい声で言われて、雄大は己の内部から指を引き抜いた。ちゃんとやれと言われるまでもない。今し方まで指を入れていた場所が淫らに収縮《しゅうしゅく》している。熱く疼《うず》いて我慢できない。

荒い息を吐きながら立てていた膝でいざり、映一の腰の上へ移動する。

ペロ、と映一の舌が己の唇を湿《しめ》したのが、視界の端に映った。

映一も我慢できんのや。

歓喜と興奮のあまり、頭のネジが飛んだ気がした。迷うことなく映一の劣情に手を添えて後ろに押し当てる。そしてそのまま、ゆっくり腰を落とす。一度体験して痛い目に遭《あ》っているというのに、不思議と躊躇《ちゅうちょ》はなかった。

「あっ、あ……！」

いつもとは異《こと》なる角度からの挿入《そうにゅう》に、雄大は身悶《みもだ》えた。圧迫感はあるものの、痛みはほとんどない。それどころか、映一の形がより鮮明《せんめい》に伝わってくる気がして、ひどく感じてしまう。

カク、と膝の力が抜けた拍子に全てが体内に収まり、雄大は高い悲鳴をあげた。

同時に、映一も低くうめく。

「すげ、しまる……」

掠れたつぶやきが聞こえてきて、きつく閉じていた瞼《まぶた》を開ける。

目の前がぼんやりとしていたので瞬きをすると、涙がぽろりと零《こぼ》れ落《お》ちた。

途端にはっきりとした視界に、映一の顔が映る。

寄せられた眉とは反対に、すっきりとした唇は笑《え》んでおり、整った白い歯がわずかに覗いている。切れ長の双眸は情欲に濡れ、蕩《とろ》けるような愛しさと、獣《けもの》じみた猛々《たけだけ》しさを等分に孕《はら》んだ熱い視線を向けてくる。

めちゃめちゃ色っぽい。

映一にこんな顔をさせているのは自分だと思うだけで、痺《しび》れるような快感が生まれる。

息を乱しながらも陶然《とうぜん》と見惚《みと》れていると、コラ、と叱《しか》られた。

「これで、終わりじゃねぇぞ。動け」

うんと素直に頷いたのは、雄大も新たな刺激がほしくなったからだ。

もっともっと、映一を感じたい。感じさせたい。

動くために映一の腹に両手をつくと、ちょっと待て、と止められる。

「何……?」

「シャツ脱げ。そのままじゃ……、おまえが、全部見えない」

新たに下された命令に、雄大はやはり素直に頷いた。Tシャツの裾《すそ》に震える手をかけ、一息に脱ぐ。奥深くまで占領《せんりょう》した映一の熱が羞恥を吸い取ってしまったかのようだ。

脱いだものをベッドに落とすと、映一が満足げに笑った。

「いいな……。最高だ」

雄大の体は、どこもかしこもしっとり汗に濡れ、上気《じょうき》していた。激しく上下する胸を飾る突起も硬く尖《とが》っている。劣情も高ぶり、次から次へと雫《しずく》をこぼしている。

映一の熱い視線が全身を這いまわったせいだろう、体の奥が淫靡《いんび》に収縮した。

「な、動いても、ええ?」

「もう、動いてんじゃねぇか」

いつのまにか、勝手に腰が揺れていた。

気持ちがいい。止められない。感じる場所を擦《こす》るように、自然と体が動く。

「は、あっ、ん、あぁ」

つながった場所から淫らな水音があふれた。映一に占拠《せんきょ》された体内だけではなく、肌と肌が触れ合った場所もどろどろに溶けてしまいそうなほど熱い。

「あ、い、気持ちい」

「めちゃくちゃエロいな、雄大……」

低く掠れた声が聞こえたかと思うと、高ぶった劣情に映一の指がからみついた。

ひ、と悲鳴のような声をあげてしまう。

「やっ、触んな」

「何で。ここ触ると、中も、すげぇいい」

映一が言った通り、劣情に与えられる愛撫に合わせて内部も艶《なま》めかしく蠢《うごめ》く。

「や、嫌や、映一っ……」

「やじゃ、ねぇだろ……。こんなに、濡らしてるくせに」

愛撫が激しさを増しただけでなく、下から強い力で突き上げられて背が反《そ》り返《かえ》る。

己のその動きすらも新たな刺激になり、雄大は色めいた声をあげながら夢中で腰を振った。

頭の中は真っ白だった。ただ、劣情を情熱的に愛撫する手と、体の奥深くまで容赦《ようしゃ》なく貫《つらぬ》くもの——映一だけが全てになる。つながっているという事実だけでも幸せで嬉しくて、ひどく感じてしまう。

「あ、あぁ……！」

やがて二人同時に迎えた絶頂《ぜっちょう》は、目のくらむような快楽だった。

体のどこにも力が入らなくなって映一の上に倒れこむと、雄大、と低く甘い声が呼ぶ。

「すげぇ好きだ」

熱い吐息と共に初めて告げられた言葉に、雄大は目を見開いた。今し方与えられたばかりの強烈な快楽に負けず劣《おと》らずの、爆発しそうな歓喜が全身を貫《つらぬ》く。

嬉しくてたまらないのに、なぜか涙がこぼれた。

快楽の涙ではない。胸が熱くて痛くてあふれた涙だ。

「俺も……、好き……」

好きや、とくり返すと、長い腕が背中にまわった。

そして俺のものだと主張するように、ぎゅっと強く抱きしめられた。


「うわー、クマできてるで、篠倉《しのくら》君」

顔を見るなり指摘され、雄大は半笑いになった。

「おはようございます、百瀬さん」

「おう、おはよう」

爽《さわ》やかに応じた百瀬は、雄大とは反対にすっきりとした顔をしている。前に映一と共演したときよりも少し長くなった髪が、個性的な面立ちによく似合っていた。

ここは映一の楽屋だが、肝心の映一は撮影に入っていて不在である。

それを承知の上でやってきたところをみると、百瀬は雄大に用があるらしい。

「どないした。寝てへんのか?」

「はあ、まあ……。あ、百瀬さん、お茶入れましょか」

「ありがとう。そしたら緑茶でお願いします」

　はいと頷いて、雄大はそろそろと立ち上がった。急に動くと腰に響くのだ。

　昨夜、映一の上に乗ってした後、つながったまま押し倒されてもう一度した。やっと抜かれてほっとしていると、今度はうつ伏せにされて後ろから入れられた。映一いわく、正面から見れるとこは全部見たから、今度は後ろから全部見たい。

　そんなもん見んでええ！　やりすぎじゃボケ！

　と怒鳴る気力も体力も、一睡《いっすい》もできなかった雄大に残っていなかったことは言うまでもない。

　対する映一は、徹夜にもかかわらず、少しも疲れた様子はなかった。それどころか気力充分で、むしろいつもより活《い》き活《い》きしていた。

　雄大も気持ちよかったことは事実だが、いくらなんでも三回はやりすぎだ。

　まあでも、今日は一人で行くて言うてくれたんやけど。

　現場まで送っていくと言い張ったのは雄大だ。自宅を知られたくないので、スタジオからスタジオへの移動はともかく、朝一番と帰宅時はできる限りタクシーは使わないようにしている。となると、映一自身が車を運転することになり、万が一事故に巻き込まれたとき、彼が当事者になってしまう。そんな事態は絶対に避けなければならない。

　今日は楽屋でじっとしてろ。寝てていいからな。

さすがに無理をさせた自覚があったらしく、雄大の髪をくしゃりと撫《な》で、映一は楽屋を出ていった。その言葉に甘えて、つい二十分前までソファで熟睡《じゅくすい》していたのだ。

「どうぞ」

眠ったせいだろう、幾分かすっきりとした気分でお茶を差し出す。

「お、ありがとう」

紙コップを受け取った百瀬は、早速《さっそく》茶をすすった。一口飲んで、あぁー、と年寄りじみた声をあげる。

「篠倉君に入れてもらうお茶は旨いなあ」

ありがとうございますと笑って向かい側に腰を下ろすと、百瀬はこちらを見つめた。どこか観察するような視線に、何ですか？　という風に首を傾《かし》げてみせると、彼は眉を寄せながら笑う。

「幸せそうやな」

「へ？　ああ、はい。おかげさまで」

映一との関係を言われているのだとわかって、雄大は正直に頷いた。映一と雄大が恋人であることを知った上で見守ってくれている百瀬に、隠す必要はない。

するとと百瀬は大仰《おおぎょう》なため息を落とした。

「映一も絶好調やもんなあ。つけ入る隙ナシか」

「ないですねえ」

百瀬の冗談めかした口調に、やはり冗談で返すと、百瀬は軽く眉を上げた。

「篠倉君、僕が前に篠倉君のことタイプや言うたん、本気にしてへんやろ」

百瀬にしては珍しい、どこか恨めしげな口調に、雄大は瞬きをした。

そういうたら前の連ドラの打ち上げのときに、そんなこと言われたっけ。

「そんなんしませんよ。あのとき、冗談や言わはったやないですか」

「冗談やて言うた後、ていうのは冗談で、て言うたはずやけど」

「てことは本気ですか？」

「うん、本気」

あっさり認めた百瀬に、雄大は呆気《あっけ》にとられた。

え、何これ。信じてええんか？

それとも、またからかわれているのか。

判断できなくてぽかんとしていると、百瀬は再びため息を落とした。

「僕、地味めで目立たんけどカワイイて、芯《しん》の強いコがタイプやねん。けどそういうタイプに限って、出会《でお》たときには既にカレシがおるんや。しかもなんでかカレシは猛獣《もうじゅう》系で、独占欲丸出しで威嚇《いかく》してくんねん」

百瀬が言い終えると同時に、コンコンコンとドアがノックされた。

返事をする前にドアが開く。現れたのは映一だ。

「雄大、……あ、モモさん。お疲れさまです」

「映一、おまえ今、僕をにらんだな。間違いなくにらんだな」

「にらんでません」

否定しながらも不機嫌な声で言って、映一は躊躇《ためら》うことなく雄大の横に腰を下ろした。

「何でこんなとこにいるんですか」

「時間があいたから篠倉君としゃべろう思《おも》て」

百瀬のとぼけた口調に眉《まゆ》を寄せた映一を、雄大はまじまじと見つめた。

なんでかカレシは猛獣系で、独占欲丸出しで威嚇してくんねん。

今し方聞いたばかりの百瀬の言葉をそのまま具現化《ぐげんか》したような恋人が、目の前にいる。

ほんまですね、と目顔で百瀬に言うと、せやろ、とやはり目顔で答えが返ってきた。

そのやりとりに気付いたらしく、映一はますます仏頂面《ぶっちょうづら》になる。

「モモさん、そろそろ次のシーンへいくみたいですよ。ADさんが探してるかもしれないし、スタジオへ行ったらどうですか」

丁寧な言葉遣いだというのに、威嚇のうなり声が聞こえてきそうな物言いに、百瀬は苦笑した。はいはい、わかりました、と冗談めかして言って立ち上がる。

「そんな怖い顔せんでも、おまえの大事なもんを取ったりせんて。篠倉君、お茶ごちそうさん」

「あ、いいえ。撮影がんばってください」

立ち上がって見送ると、百瀬はニッコリ笑って手を振り、ドアの向こうへ消えた。

ゆっくり腰を下ろすと同時に、腕をつかまれる。

にらみつけてくる視線は真剣だ。

「モモさんと何しゃべってた」

「別に。幸せそうやなあとか言われただけや」

「ほんとか？」

「ほんまや。あと、独占欲丸出しの猛獣系カレシて言うてはった」

からかうように言ってやると、自分でも思い当たる節《ふし》があったのか、映一は顔をしかめた。

雄大の腕を放り出し、ふいとそっぽを向く。

「しょうがねぇだろ。おまえは俺以外のタレントのマネージャーになってもやっていけるだろうけど、俺はおまえじゃないとだめなんだから」

雄大はまたしても、まじまじと映一の横顔を見つめた。

彫像のような隆《たか》い鼻筋《はなすじ》、すっきりとした唇。鋭いラインを描くそれらが印象的な整った横顔に映っていたのは、明らかに拗《す》ねた表情だ。

何やねん、このカワイイ猛獣……。

抱きしめたい。抱きしめてキスしてやりたい。

しかしここは楽屋だ。抱擁《ほうよう》もキスもできない。

仕方がないので、雄大は上体を倒して映一にもたれかかった。

「俺かて、おまえやないとあかんし」

小さな声で囁くと、映一が息を飲む気配がする。

「……そうか」

「うん」

「まあ、知ってたけどな」

偉そうに言った映一の耳が赤くなっていることに気付いて、雄大は頬を緩《ゆる》めた。

この意地っ張りめ。

けど、そういうとこも好きや。

天国の日常
tengoku no nichijyou

十二月三十日、大晦日《おおみそか》の一日前。

世間はすっかり冬休みだ。一般家庭では大掃除をしたり、正月飾りの準備をしたり、お節料《せち》理のための買い出しをする日だろう。あるいは遠く離れた故郷へ帰省する日、もしくは年越し旅行へ出かける日だろうか。

幼い頃、鷲津映一《わしづえいいち》はそのどれもに縁がなかった。

仕事が入っている年はもちろん、仕事がなくても、母親はほとんど正月らしい行事をしなかった。母方の祖父母は既に亡くなっていたし、父方の祖父母の住まいは遠方すぎて、滅多《めった》に会いに行くことがなかったのだ。特に父親と離婚してからは、普通の日と全く変わらなかった。

勝木《かつき》プロダクションに入って母親と離れて暮らすようになった後、すぐにブレイクしたため、やはり仕事が入っていることが多かった。事務所の厚意《こうい》で簡単なお節《せち》と雑煮《ぞうに》を食べたことはあるが、自分で正月の準備をした記憶はない。

それが今年は大掃除《おおそうじ》とかしてんだもんな……。

寝室に掃除機をかけ終えた映一は、ふうとため息を落とした。

どこがどうなったわけではないが、部屋全体がすっきりとした気がする。

なるほど。けっこう気持ちいいもんだ。

大掃除なんか業者に任せればいいだろ。ていうか別にしなくてもいいし。

そう言うと、現場マネージャーであり、恋人でもある篠倉雄大《しのくらゆうだい》にじろりとにらまれた。

なんかとは何や、なんかとは。忙しいときはしゃあないけど、おまえ、今年は二十九日から五日までがっつり休みやろ。自分が汚したんや、時間に余裕があるときは自分でやるもんや。それに大掃除て、やってみたら案外気持ちええで。

今、バスルームの掃除をしているはずの雄大の笑顔を思い浮かべる。マネージャーになった当初、別にアパートを借りていた雄大だが、三年前の渡米《とべい》を機会に解約し、今は一緒に住んでいるのだ。

あいつ、ほんと変わんねぇよな。

雄大が現場マネージャーとしてついてから、早いもので四年の歳月が流れた。

その間にハリウッド映画に出演して高い評価を得て、今年、再びオファーがきた。来年の夏、撮影に入る予定だ。また、日本の映画にも数多く主演し、ドラマにも出た。厳しいことで有名な大塚《おおつか》監督の舞台にも立った。国内でたくさんの賞を、海外でもいくつかの賞を受賞し、確実に俳優としてのキャリアを積んだ。

映一の経験は、そのまま現場マネージャーの雄大の経験でもある。はじめは芸能界の仕事に戸惑いや恐れがあったようだが、様々な現場を直接目にし、その中に身を置くことで、すっかり慣れたはずだ。

しかし雄大に、甘えや惰性《だせい》は一切《いっさい》ない。映一の人気や評判に乗っかり、増長《ぞうちょう》することもなければ、流されることもない。

ひとことで言えば、普通、なのだ。

年末には大掃除、という発想にしても、普通の感覚を失っていない証拠だと思う。

最初に惹《ひ》かれた理由も、たぶんそこだった。マネージャーの仕事だから仕方がないと思っていたからだろう、わがままは聞いてくれたけれど、その分、理不尽《りふじん》な要求に対しては必ず言い返してきた。決して媚《こ》びない。それどころか、アイドルとか俳優という職業抜きにして、個人としての映一に食ってかかってきた。

幼い頃から芸能界に身を置いてきた映一の周囲には、母親を含めてそんな人間は一人もいなかった。仕事がなかった十代の半ば《なか》の頃ですら、周囲は端整《たんせい》な容貌《ようぼう》の映一を特別扱《あつか》いした。だから最初は苛々《いらいら》したし、腹が立った。

しかし行動を共にするうちに、少しずつ雄大が持つ温かさを知った。そして気が付けば好きになっていた。もともと男が恋愛対象だったから、彼を好きになったことに抵抗はなかった。雄大に初めてキスをしたとき、嫌がる素振《そぶ》りを見せなかった雄大に、心の内で快哉《かいさい》を叫んだことを今もはっきりと覚えている。雄大は俺のもんだ。絶対に誰にも渡さない。――強くそう思ったことも覚えている。

シノちゃんは北極星みたいだよねえ。

雄大がいないところで、そんな風に言ったのは水野《みずの》だ。いつ見ても必ず同じ場所にいてくれるから、自分の立ち位置がよくわかる。こういう移り変わりの激しい世界では貴重な存在だよ。

映一から見ると、北極星とは少し違う。

あいつは方位磁石《じしゃく》だ。

雄大は北極星のように、天から見下ろす存在ではない。もっと身近だ。どこへ行っても常に一方向を指すから、自分が行きたい方角へ向かっているのか、それとも見当違《けんとうちが》いの方向へ行こうしているのか、あるいは迷っているのか、側《そば》にいるとよくわかる。

演じることは何よりもおもしろいと思うし、シンプルに言えば好きだ。いや、好き嫌いという枠《わく》を超えて、それ自体が己《おのれ》の一部になっている。だからこそ、外部のプレッシャーに煩《わずら》わしさを感じるときもあったけれど、そんなときは必ず雄大の存在に助けられた。

『ソルト』のことにしてもそうだ。今年のはじめに『ソルト』が活動を休止し、藤内航太《ふじうちこうた》と伊原皐月《いはらさつき》に会うことがほとんどなくなった。もともとツアー以外では会う機会が減っていた彼らと、完全に離れてしまったのだ。

それでも、あまりダメージを受けずに済んだのは、ひとえに解散ではなく休止だったからである。『ソルト』を映一の『家』だと言ったのは雄大だが、その表現は的《まと》を射《い》ていた。母親と離れて暮らすようになった映一にとって、航太と皐月は仲間であり、兄でもあったのだ。それこそ出来の悪い弟を心配するように、休止後も時折メールや電話で連絡をくれる彼らに、余計《よけい》に二人が自分にとって特別だったのだと思い知った。休止という形を水野に提案してくれた雄大には、本当に感謝している。

だからってわけじゃないけど、年末年始に休みがとれるってわかった時点で、旅行にでも連れていこうと思ったんだ。

しかし、大掃除、年越し蕎麦《そば》、お節、お雑煮、初詣《はつもうで》、と嬉しげに年末年始の行事を並べる雄大に、どうやら出かけるより、うちでのんびりすごした方がよさそうだと判断した。

まあでも、さすがにそれだけじゃな。

廊下にある収納に掃除機をしまい終えた映一は、カーゴパンツのポケットを、上から軽く叩いた。今朝、タイミングを見て渡そうと決めたものが、中で微《かす》かに音をたてる。

「映一」

リビングへ続くドアが開き、雄大が顔を覗《のぞ》かせた。童顔のせいか、それともセーターにジーンズというカジュアルな服装のせいか、とても三十歳には見えない。

「終わったか?」

「ああ、終わった」

頷いてみせると、彼はニッコリ笑った。

「お疲れさん。お茶入れたし休憩《きゅうけい》しよ」

「今何時だ」

「三時。ちょうどおやつの時間や」

雄大の答えに、映一は少し驚いた。簡単な昼食をとった以外は、朝早くから今まで掃除をし続けていたことになる。

「俺、こんなに長い時間掃除したの初めてかも」

「お、何や。愚痴《ぐち》か」

「バカ、そうじゃねぇよ。自分できれいにすんのも悪くないな」

本当のことを言っただけだったが、雄大は嬉しそうに笑う。

「せやろ。定期的にクリーニングしてもろてるから改めて掃除するとこてほとんどないけど、このマンション広いからなあ。時間かかるんはしゃあないわ。お疲れさん」

もう一度労《ねぎら》った雄大は、おいでおいでと手招きしてからリビングに消えた。

お疲れさん、という言葉をはじめ、雄大はごく自然に様々な挨拶《あいさつ》を口にする。おはよう、ありがとう、いただきます、ただいま、おかえり、おやすみ、等々。雄大と出会うまでは、仕事場ではともかくプライベートでは、挨拶などしようがしまいがどうでもいいと思っていたけれど、今は違う。

雄大に言ってもらうと、なんか安心するんだよな。

我知らず頬を緩《ゆる》めてリビングに入ると、紅茶の良い香りがした。廊下にも空調がきいているけれど、この部屋の方が暖かい。

ソファに腰を下ろすと同時に、トレイを手にした雄大がキッチンから出てきた。

ローテーブルの上に置かれたのは、紅茶と焼き菓子だ。こげ茶色やオレンジ色、プレーンな黄色等、個別に包装された菓子が並んでいる。

「どうぞ召し上がれー」

「ん。初めて見る菓子だな。どこの？」

「おまえ覚えてるかわからんけど、兄貴の結婚式の引き出物でバウムクーヘンもろてきたやろ。そこの店の焼き菓子や。昨日、義姉《ねえ》さんが事務所に送ってくれはってん」

隣に腰かけつつ手拭《てふ》きを渡してきた雄大に、ああ、と映一は頷いた。

あのとき、雄大は現場マネージャーになってから初めて映一の側を離れ、大阪まで出かけたのだ。彼の不在が想像していたよりもずっと寂しかったこと、帰りが遅くてイライラしたことを思い出す。帰ってきた雄大の顔を見た途端に安心して、安心したらどうしても抱きたくなって、バウムクーヘンが食べたいという主張を無視して体をつなげた。その後、ベッドの中でそのバウムクーヘンを食べさせてもらったのだ。

もしかしたら、大阪に戻ったまま帰ってこないかもしれない。

自分がそんな不安を抱《いだ》いていたと気付いたのは、もっと後になってからだ。

子供だったっていうか、雄大を信じられてなかったっていうか。

苦《にが》い心持ちになりつつこげ茶色の焼き菓子を頬張《ほおば》ると、チョコレートの香りがふわりと漂《ただよ》った。たちまち上品な甘さと香ばしさが口の中に広がる。

「旨《うま》いな」

「やっぱり？　差し入れにしたら喜んでもらえそうやし、東京にも支店出さはったらええのになあ」

言って、雄大も焼き菓子を齧《かじ》る。たちまち愛嬌《あいきょう》のある二重《ふたえ》の目が細められた。

「ほんまや、旨い。オレンジのええ香りする」

「雄大、一口」

「これも食べたいんか？　二個ずつ入ってたから取ってくる」

「一口でいい」

あ、と口をあけると、もー、という風に雄大は眉を寄せた。しかし拒絶することなくオレンジ色の焼き菓子をちぎり、口に入れてくれる。なんだかんだ言いつつ、雄大は映一に甘いのだ。

大いに満足してオレンジの焼き菓子を咀嚼《そしゃく》する。

「こっちも旨いな」

頷いてみせた映一は、自分が食べていたこげ茶色の焼き菓子を一口大にちぎった。

それを雄大の口許《くちもと》に持っていく。

「ほら」

「……ほらって」

「口あけろ」

「や、遠慮します」

雄大はできる限り口をあけないようにして言う。その顔はうっすらと赤い。映一が雄大に食べさせてもらうことはあっても、こちらが食べさせるのは初めてだからだろう。照れているのが丸わかりだ。

恋人として付き合って四年。濃厚《のうこう》なセックスを幾度《いくど》も経験しているというのに、雄大は時折驚くほど初心《うぶ》な反応を見せる。さすがに見飽きただろう映一の容姿にも、まだ見惚れているときがあるから驚きだ。うっとりと蕩《とろ》けそうな表情をするのが、おかしくて愛《いと》しくてたまらない。

「何で敬語だ。いいから早くあけろって。手が疲れんだろ」

わざと不機嫌な顔で文句を言ってやる。

すると雄大は渋々、という風に口をあけた。

焼き菓子を入れるついでに、柔らかな唇を撫《な》でる。小さく肩を揺らした雄大に笑っていると、じろりとにらまれた。

「旨いか?」

「……旨いけど。何やねんおまえ。普段やらんことすんな」

ぶっきらぼうに言って、雄大はオレンジの焼き菓子をもりもりと頬張る。

そういやバウムクーヘンもこんな風に食ってたっけ。

思い出し笑いに頬が緩んだ。雄大と出会うまで、たとえ仕事は順調でも、積み重ねてきた年月を愛しいと思うことはなかった。彼と共に歩んできたからこそ、ひとつひとつの出来事が今の自分の礎《いしずえ》になっているのだと実感できる。

「そおや、映一。俺、これ食べたら正月飾りとかお節の材料とか買いに行ってくるけど、お節で食べられんもんあるか？」

当たり前のように問われて、映一は瞬《まばた》きをした。

「お節の材料って、おまえがお節料理を作るのか？」

「俺の他に誰が作んねん」

「いや、どこかで予約してるもんだと思ってたから」

「ああ、最近はそういうの多いらしいな。一流料亭の上等なお節を期待しとったおまえには申し訳ないけど、俺が作るで。オカンに教わった家庭のお節やから、煮物とか中心であんまり見《み》栄《ば》えはせんし、伊勢海老《いせえび》もフォアグラも入ってへんけど、旨いのは間違いないから」

雄大は大きく頷いてみせる。

雄大の母親が息子たちに家事全般を仕込んだことは知っているが、お節料理まで教わっていたとは初耳だ。

「お節料理まで習ってたのか」

「いや、さすがにそこまでは習《なろ》てへん。正月ゆっくりできることが決まってから、オカンにお節作りたい言うてレシピ送ってもろたんや」

ニコニコと笑う雄大に、映一は一瞬、言葉につまった。

雄大は来年の一月三日に、一日だけ里帰りする予定だ。雄大本人が決めたのだからと気にしなかったが、やはりもっと早く帰った方がいいのではないだろうか。

なにしろ雄大が両親や兄弟と会うのは、実に三年ぶりなのだ。本当は元旦に実家へ帰った方が、雄大も雄大の家族も喜ぶのだろう。年末から休めると聞いたなら、尚更《なおさら》だ。

もっと早く帰れと言おうとした映一を先まわりして、雄大が口を開いた。

「オカンに大事な人のために作るんやて言うたら、きばりや一! てハッパかけられたわ。結局家庭の味に勝《まさ》るもんはないんや、胃袋つかんだらこっちのもんやさかいな、やて」

「……それって女に言うことじゃねぇの?」

「息子に家事仕込むオカンやで。男女のこだわりなんかないわ。兄貴も家庭の味で義姉さん落としたしな」

「そうなのか」

変わってる。

て、俺に言われたくないか。

映一の母親は今も海外で暮らしている。もともと正月等の行事に興味がなかった彼女は、今も関心が薄いらしい。時折ハガキや手紙はよこしてくるが、お正月だから一緒にすごそうと言われたことはない。

「そういうわけで、今年はきばってお節料理を作ることにしてん。で、映一、おまえ好き嫌いはないんか？」

「別にない。──いや、ある。クワイっていうやつ」

「ああ、あれちょっと苦いもんな。他に苦手なもんは？」

「ないな」

「そしたら食べたいもんは？」

「そうだな……。茶碗蒸《ちゃわんむ》しが食いたい」

「お、そうか。茶碗蒸しは最初から作るつもりやったし良かったわ。オカン直伝《じきでん》のダシのきいた茶碗蒸しはごっつ旨いぞ。おまえの胃袋鷲《わし》づかみや」

楽しそうな雄大に、じわりと胸が熱くなった。

レシピを教えてもらう過程で、雄大は故郷の家族といろいろ話したのだろう。映一との関係は知らせていないと思うが、恋人がいることは打ち明けたかもしれない。

たとえ会える時間が短くなっても、大事な人にお節料理を作りたいという息子の気持ちを、両親は第一に考えたのだ。きばりや、という雄大の母親の言葉に、そうした思いやりが表れている気がする。

雄大の兄の結婚式の集合写真でしか顔を知らない彼の両親に、映一は心から感謝した。

そして、家族よりも映一とすごすことを選んでくれた雄大にも感謝した。

大事な人、か。

俺にとっても、おまえは大事だ。

「雄大」

ブレーンの焼き菓子を頬張っている恋人を呼ぶ。

ん？　という風にこちらを見た彼の空《あ》いた左手をつかんだ映一は、朝、パンツのポケットに入れておいたものを掌《てのひら》に置いた。

「ネックレス？　ていうか指輪か？」

正確には、指輪にチェーンを通したものだ。

雄大に感謝の気持ちとして何か贈ろうと考えたとき、真っ先に思い浮かんだのは、実は指輪だった。もちろん、左手の薬指用の指輪だ。

今までにも、雄大のためにオーダーメイドのスーツや靴をあつらえたことはある。しかしそれらは誕生日やクリスマスといった特別な日に贈ったわけではなかったし、どちらかといえばビジネス寄りの贈り物だった。たとえ仕事で忙しくても、映一の誕生日付近には必ず凝《こ》った料理を作ってくれる雄大には申し訳なかったが、照れがあってそうなってしまったのだ。だから指輪はもちろん、アクセサリの類《たぐい》を贈ったことはない。

サイズは以前、スタイリストと雑談していたのを聞いて知っていたものの、エンゲージリングとして渡すのはあまりにもベタすぎる気がした。そもそも左の薬指につけて仕事場へ出たら、結婚したのか、誰といつしたのか等々、周囲から追及されるはずだ。本当のことを言えないいまま、いちいち応対するのは大変だろう。

他に身につけるものといえば現場マネージャーの必需品、腕時計があるが、スーツや靴と同じでビジネス色が強すぎるように思えた。

そうしてあれこれ悩んで、結局、指輪にチェーンを通す形にしたのだ。

「つけてろ」

おまえに感謝してる。これからも側にいてくれ。

一応、そんな言葉を用意していたが、いざとなるとひどく陳腐《ちんぷ》に思えて短く命令する。そしてやはり、どういう顔をしていいかわからなかったので、雄大の手を離してソファに背を預ける。一連のぎこちない仕種《しぐさ》をごまかすために、映一はすかさずカップを手にとり、紅茶を口に含んだ。ドラマや映画の撮影だと簡単にできることが、現実ではなかなかうまくできない。

一方の雄大は掌の上のネックレスを手にとらず、ただ眺《なが》めた。

「きれいやなあ。これチェーンもプラチナやろ。預かるんはええけど、あんまり高価なもんやと緊張するし、どっかに忘れてきても困るし、うちに置いといた方が安全なんとちゃうか？」

的外《まとはず》れなことを言い出した雄大に、映一は思い切り顔をしかめた。

「それは俺のじゃない。おまえのだ」

「え、俺のちゃうで。俺こんなん持ってへん」

「そうじゃねぇよ。俺がおまえにやったの」

「やった？　くれたってことか？」

「そうだよ」

「えーと、おまえが俺にくれるってこと？」

「だからそう言ってんだろうが」

「何で？」

本当に不思議そうに見上げてくる雄大に、映一は言葉につまってしまった。

改まるのが嫌でプレゼント用の包装をしてもらわなかったことも、はっきり感謝の言葉を言わなかったことも、自分が悪かったと思う。

しかし雄大も鈍《にぶ》すぎるだろう。

贈ったのは指輪なんだ。ありがとうとか嬉しいとか言わなくてもいいから、俺の気持ちを察して黙ってつけるぐらいしろよ。

「やりたいと思ったから、やっただけだ」

半《なか》ば自棄《やけ》で素《そ》っ気《け》なく言うと、ふうんと雄大は納得したような、納得できていないような、曖昧《あいまい》な相槌《あいづち》を打った。掌の上のリングを指でつまみ、しげしげと眺める。

刹那《せつな》、雄大は真っ赤になった。やっと映一の意図《いと》に気付いたらしい。

「おまえ、遅《おせ》ぇよ！」

映一は思わず怒鳴った。妙な間が空《あ》いたせいで、こちらもやけに恥ずかしい。

「やってこんな無造作《むぞうさ》に渡されたらわからへんやろ！　ていうか、まさかおまえがこんなんするて思《おも》てへんし！」

「何でだよ！　おまえは俺のもんなんだ、エンゲージリング贈ったっておかしくねぇだろうが！」

勢いに任せて言い返すと、雄大は耳まで赤くなった。

「エンゲージて……」

小さくつぶやいて、うつむく。

露《あらわ》になった項《うなじ》まで上気《じょうき》しているのを目《ま》の当たりにして、映一はようやく落ち着いてきた。

俺もけっこう赤くなってるだろうけど、雄大はそれどころじゃなさそうだ。

しばらく指輪を弄《いじ》っていた雄大は、何を思ったのか、指輪からチェーンをはずした。チェーンを慎重にジーンズのポケットに収めた後、残された指輪を左の薬指につける。

銀色に輝くそれは、雄大の指にピタリと収まった。サイズが合っていたことに驚いたらしく、おお、と小さく声をあげる。

指先をきちんと揃《そろ》えた雄大は、腕を伸ばして指輪をはめた己の手を眺めた。

「なあ、今日これつけたまま買い物行ってきてもええ？」

「ん？　ああ」

「うちにおるときは、こうやって指につけててもええかな」

「好きにしろ」

迷いなく左手の薬指に指輪をはめてくれたことが嬉しくてたまらなかったが、できる限り素っ気なく言う。

すると雄大は、ふいにこちらを向いた。

そして蕩けるような、実に幸せそうな笑みをふわりと浮かべる。

「ありがと、映一。大事にする」

かみしめる物言いに、胸の奥が痺《しび》れるように熱くなった。たちまち全身に波及《はきゅう》した熱に促《うなが》され、雄大の腕をつかみ寄せる。

予想していたのか、珍しく文句を言わずに瞼《まぶた》を落とした雄大の唇を、映一は己の唇で塞《ふさ》いだ。薄く開かれた唇の隙間に舌を忍び込ませ、温かく濡れた口腔《こうこう》を探る。んん、と喉《のど》の奥から漏《も》れ聞こえてきた雄大の声は、ひどく甘くて艶《つや》っぽい。愛撫《あいぶ》に応《こた》えてくる舌の動きは、どこかぎこちないくせに淫《みだ》らだ。

今日まで数え切れないほどキスをかわしたが、少しも飽《あ》きない。

俺はたぶん、一日中雄大とキスしてろって言われたら、ずっとしてるだろう。

――いや、やっぱり無理か。

無防備な恋人を前にして、キスだけで済むはずがない。

四年間、欠かすことなく隅々《すみずみ》まで愛してきた雄大の体は、どこもかしこも感じやすくなって

いる。普段の快活《かいかつ》な雄大からは想像できない艶《なま》めかしい反応で映一を煽《あお》り、耳に毒なほど甘い声でたまらなく興奮させる。

雄大の滑《なめ》らかな首筋を唇でたどりながら、映一は彼のセーターをたくし上げた。間を置かずにセーターの下に着ているシャツをジーンズから引っ張り出そうとすると、パシ、と軽く頭を叩かれる。

「コラ。これから、買い出し行くて言うたやろ」

「明日行けばいいだろ」

「アホ、明日買い物に行ってたら、お節はいつ作んねん。朝から一日仕事なんやぞ」

「お節ってそんな時間かかんのか？」

「かかんの！　ほら、退《ど》け！」

パシ、とまた頭を叩かれて、仕方なく体を離す。

すると雄大は少し驚いたような顔をした後、なぜか愛しげな笑みを浮かべた。二重《ふたえ》の双眸《そうぼう》から注《そそ》がれる視線は、ひどく柔らかい。

「今せんでも、正月休みはたっぷりあるやろ。そのときにゆっくりな」

ちゅ、という可愛《かわい》らしい音と共に、雄大の唇が頬《ほお》に触れた。

反射的に抱きしめようとした体は、しかし腕の中からすり抜ける。

「そしたら行ってくるな。ええコで待ってるんやで」

「ガキ扱いすんじゃねぇ」

ムッとして言い返したものの、こちらに向かって振られた左手に光る指輪を見て頬が緩んだ。

雄大の言う通り、確かに休みはたっぷりある。

ゆっくり時間をかけてかわいがって、天国にいるみたいに気持ちよくしてやろう。

俺にとっては雄大がいるところなら、そこがどこでも天国だ。

あとがき

久我有加

私は普段、地味な設定の話ばかり書かせていただいています。ごくたまに派手な設定で書いても、基本が日常モエなので、最終的には地味な話になってしまいます。無い袖《そで》は振れぬ、つまり、無いモエは出せぬ、というやつです……。

そんな私に、ある日、担当様がおっしゃいました。

たまにはもう少し派手な設定で書いてみませんか？

ですよね！　と答えになっているんだかいないんだかわからない相づちを打った私は、地味話しか生み出さない地味脳をフル回転させ、派手な設定を考え始めました。

派手といえば光るもの。光るものといえば照明。照明といえばテレビや舞台。テレビや舞台といえば芸能人。芸能人の中で派手といえばアイドル。

よっしゃ、アイドルでいこう、アイドル攻ならモエる！　どうせやったら数年前からモエてるツンデレ攻でいこう！

こうした連想を元に生まれたのが本作です。

ちなみに、ツンデレ攻はツン八割デレ二割が最もモエます。しかし本作の攻・映一《えいいち》は、最終的にツン四割デレ六割になった気がします。――デレの方が多いなんて、そんなのツンデレじゃないやい（個人的見解）。また機会があれば、今度こそツン八割デレ二割の攻に挑戦させていただきたいです。

最後になりましたが、お世話になった皆様方に感謝申し上げます。

編集部の皆様はじめ、本書に携《たずさ》わってくださった全ての皆様。ありがとうございます。特に担当様にはお世話になりました。これからもがんばりますので、よろしくお願いいたします。

楢《なら》崎《ざき》ねねこ先生。お忙しい中、素敵なイラストを描いてくださり、ありがとうございました。雄《ゆう》大《だい》をかっこかわいく、映一を色っぽい男前に描いていただけて、とても嬉しかったです。

支えてくれた家族。いろいろ申し訳ないです。いつもありがとう。

この本を手にとってくださった皆様。心より感謝申し上げます。貴重なお時間をさいて読んでくださり、ありがとうございました。

本書を読んでくださった方の中におられるかもしれない、東日本における震災により被害を受けられた方。心よりお見舞い申し上げます。本書がほんの少しでも、心の休《きゅう》憩《けい》所《じょ》となることができるよう祈っています。どうぞお身体を大切におすごしください。

それでは皆様、お元気で。

二〇一一年六月　久我有加

D E A R + N O V E L

わがまま天国《わがままてんごく》

この本を読んでのご意見、ご感想などをお寄せください。
久我有加先生・楢崎ねねこ先生へのはげましのおたよりもお待ちしております。
〒113-0024 東京都文京区西片2-19-18 新書館
[編集部へのご意見・ご感想] ディアプラス編集部「わがまま天国」係
[先生方へのおたより] ディアプラス編集部気付 ○○先生

初　出
わがまま天国：小説DEAR+ 10年ナツ号（Vol.38）
ラブラブ天国：書き下ろし
天国の日常：書き下ろし

新書館ディアプラス文庫

著者：**久我有加**［くが・ありか］
初版発行：**2011年7月10日**

発行所：株式会社**新書館**
［編集］〒113-0024 東京都文京区西片2-19-18 電話(03)3811-2631
［営業］〒174-0043 東京都板橋区坂下1-22-14 電話(03)5970-3840
［URL］http://www.shinshokan.co.jp/
印刷・製本：**図書印刷株式会社**

定価はカバーに表示してあります。乱丁・落丁本はお取替えいたします。
ISBN978-4-403-52282-6

S H I N S H O K A N